Quand ça bascule

Xavier Béraud

Nouvelles

Janvier 2016

« *La seule chose qu'on devrait nous enseigner à l'école, c'est que la vie peut basculer en un clin d'œil !* »

Mikaël Ollivier

« *Le rassurant dans l'équilibre, c'est que rien ne bouge. Le vrai de l'équilibre, c'est qu'il suffit d'un souffle pour tout faire bouger.* »

Julien Gracq

À CORPS PERDU !

Éliette sourit. Malgré son physique de petite fille modèle, des idées lubriques l'assaillent. Il est pas mal du tout celui-là. Carrément sexy, même ! Elle se ressaisit. Ses yeux pourraient la trahir.

— Eh bien, je vous écoute, commence son interlocuteur.

— Comment, nous allons faire ça ici ? interroge Éliette hébétée. Je croyais qu'on faisait ce genre de choses sans se voir. Vous savez…, dans ces petites cahutes en bois que l'on voit toujours dans les films.

— Ce n'est pas une obligation. Moi, je préfère le vis-à-vis, l'affrontement n'en est que plus difficile et le bénéfice plus grand.

— C'est embarrassant. En plus, c'est la première fois pour moi.

— Aucune honte à avoir ! Tout se passera très bien. Et je ne vais pas vous manger, poursuit-il avec un sourire qu'Éliette trouve fort craquant.

— Facile à dire, vous avez l'habitude de tout ça ! C'est moi qui passe à la casserole !

L'homme ne s'offusque pas du franc-parler de la jeune fille. Finalement, elle est là pour ça, songe-t-il. D'une voix narquoise, il promet que si de son côté elle ne le fait pas trop mijoter, lui, la cuisinera seulement à feu doux.

Stupéfaction pour Éliette. Elle ne pensait pas qu'un homme comme lui aurait de l'humour. Surtout en de telles circonstances. Séduisant, sexy et blagueur, quel cocktail !

— N'ayez crainte, insiste-t-il, rien ne sortira de cette pièce, faites-moi confiance.

Éliette acquiesce. Elle a déjà entendu parler du serment d'hypocras… Enfin, un truc comme ça !

— Vous avez raison, c'est un truc comme ça. Secret professionnel, si vous préférez.

— Comme j'ai déjà dit, c'est une première pour moi. Je n'ai jamais trop cru au Bon Dieu, la Vierge Marie et tout le toutim. Je ne sais pas faire. Du coup, s'il y a une méthode à respecter, dites-le-moi.

— Commencez par : « Mon père j'ai péché… » et le reste viendra.

— J'ai déjà vu ça dans un film aussi, lance-t-elle vivement.

Éliette se redresse sur sa chaise, gigote, soupire et se lance enfin :

— Mon père, j'ai péché. Enfin, je crois !

— C'est un bon début.

— Depuis pas mal de temps, je ne sais pas ce qui m'arrive, mais je ne peux pas m'empêcher de voir tout le monde à poil !

Borborygmes sacrés. L'ecclésiastique vient d'évacuer au moins deux chats logés dans sa gorge.

— C'est-à-dire ? Dites m'en un peu plus pour que je puisse vous laver de vos péchés.

Éliette est contrariée. Elle pensait pourtant en avoir fini. Tout dire ? Ça risque d'être délicat de raconter les détails de ses tribulations hormonales. Ses pulsions sont incontrôlables parce que dès qu'elle croise quelqu'un, elle voit toutes les parties de son corps... nu, évidemment, le haut, le bas, le devant, le derrière…

— Vous voyez ? interrompt le curé.

Oui. Enfin, elle imagine. Mais c'est tellement fort, c'est comme si elle voyait pour de vrai. Dans la rue, dans les bars, les salles de cinéma et les salles de sport. Ici d'ailleurs, c'est encore mieux. Pas besoin d'un grand effort d'imagination. Tout le monde est à moitié dénudé et luisant de sueur excitante.

Le curé bafouille. Il ne faut pas niqu…, paniquer…, pas paniquer. Il s'emmêle les pinceaux, lui assure cependant qu'à son âge, il est bien normal d'avoir ce genre de pensées. Même s'il n'est pas le mieux placé pour en parler.

— J'imagine.

— Vous découvrez le plaisir de la chair avec l'autre sexe. Voilà tout.

— L'autre sexe, l'autre sexe, pas seulement, s'emballe Éliette.

Les nanas sont aussi dans le scénario érotico-imaginatif de la jeune fille. Leur poitrine en premier. Hop, ça lui saute à la figure. Après, c'est un peu comme au cinéma : la caméra descend petit à petit, laissant apparaître les hanches, la chute des reins… Oh oui, la chute de reins, pense-t-elle avec ferveur. Enfin, les fesses aussi, et même le minou !

8

Le curé se redresse. La révélation lui fait l'effet d'un puissant vasodilatateur. Il a le visage entre fraise écrasée et lie de vin. Il voit…, enfin il imagine…, il veut dire qu'il comprend.

— Hommes, femmes, tout y passe ! s'amuse Éliette devant la gêne de son confesseur. Je ne peux pas regarder quelqu'un sans le dépoiler. C'est obsédant. C'est comme si vous étiez dans une bagnole avec un moteur d'enfer, genre jaguar, et qu'en appuyant sur la pédale d'accélérateur vous passiez de 0 à 150 km/h en trois secondes… Du coup, j'ai beaucoup de mal à tenir une conversation cohérente. Et les autres le sentent bien. Par exemple, là, depuis tout à l'heure, je me concentre grave pour éviter de visualiser le corps qui s'agite sous cette robe noire !

Le curé croise les jambes et les bras, laissant tomber le crucifix qu'il serrait pourtant si fort. Peut-être pourrait-elle lui épargner les détails.

— C'est vous qui m'avez demandé de tout dire !

— Tout…, l'essentiel quoi ! Pour le reste Dieu est omniscient.

Bonne réponse. Omniscient, voilà qui est bien trouvé. Peu de chance qu'elle comprenne.

— Dieu est quoi ? questionne Éliette médusée.

Il avait raison. Seulement, il n'avait pas prévu la question. Ça se complique un peu. Il lui explique alors que Dieu est partout, en toutes choses et que surtout, Il voit tout.

— Lui aussi ? C'est plutôt rassurant. Donc je suis omnimachin ?

— Pas vraiment non, soupire le curé. Écoutez, ce ne sont que des pensées après tout. À vous de les maîtriser, voire les refouler.

Il est embarrassé le cureton, pense Éliette. Mais c'est grisant. Elle pourrait finalement lui avouer que cela l'excite vachement. Que depuis quelques semaines, elle est tentée de consommer un peu.

— Vous consommez un peu ?

— Oui, bon… je dévore carrément !

— Dévorer ? Est-ce bien le verbe adéquat ?

— Je ne sais pas. Mais dès que j'ai l'occasion, j'assouvis. Vous voyez ?

— Je crois…

— Cool !

— Même si je ne suis pas le mieux placé pour ça.

— J'imagine.

— Bien !

— Donc…, poursuit Éliette hésitante.

— Donc quoi ?

Donc, femmes, hommes, c'est pareil, au final, les gens elle s'en fiche complètement. Ce sont les corps qui l'attirent, seulement les corps, grands, gros, petits, flasques, fripés, charnus, étriqués, jeunes et frais, vieux et usés…

— Je suis comme corophile !

Le curé ouvre de grandes billes et bloque sur la petite nymphomane.

— Faut que je touche, insiste Éliette emballée, que je tâte, que je sente, que je lèche…

— Ça suffit mon enfant, pas de détails scabreux. C'est embarrassant à la fin !

— Je vous l'avais dit, ponctue la jeune fille. Sachez quand même que parfois je me retiens. Par exemple, là, devant vous, je me retiens !

L'homme d'église n'en revient pas. Jamais il n'aurait pensé que cette conversation puisse prendre une telle tournure. Il faut en finir au plus vite. Il est à court d'idées. Il se lève d'un bond, regarde à droite, à gauche, partout et nulle part, saisit une petite boîte, l'ouvre et en retire une hostie. Vite ! Voilà ce qu'elle va faire, la sainte qui touche. Elle récitera quatre « ave » et quatre « pater » en rentrant chez elle. Chaque fois qu'elle aura une vision, elle dira un « ave »… voire deux… et puis deux « pater », tiens, ça refroidira ses ardeurs.

Éliette hoche la tête sans comprendre pour autant cette prescription monacale.

— Et surtout jeune fille, prenez très vite rendez-vous avec un médecin spécialiste qui vous aidera à refouler ces pensées malsaines.

— Vous voulez dire un psy ?

— Je veux dire un psy !

— Et pour la consommation, insiste graveleusement Éliette.

— Idem, il fera les deux, abrège l'homme en lui tendant l'hostie consacrée. Jeune fille, ouvrez la bouche et tirez la langue.

— Ben voyons, pour quoi faire ?

— Vous absoudre.

— Et puis, c'est quoi cette pastille ?

— Le corps du Christ.

— Le corps du Christ ? Vous vous foutez de ma gueule, j'espère !

PORTRAIT SINGULIER D'UN PICARD

PEU ORDINAIRE

Le 1er mai 1962, à 8 heures et 62 minutes, dans le petit village picard et fort accueillant de Vatan, paumé en Somme, Madame Veetaes (qu'il faut prononcer vitesse) expulsa en 62 secondes un petit garçon ratatiné et fort fripé qui se vit affubler d'un prénom bien étrange choisi par son père, un certain Monsieur Veetaes, horloger hollandais d'origine et personnage si amoureux des calembours qu'en prononçant ce prénom pour la première fois, il sombra dans un éclat de rire qui le tînt tout le reste de sa vie ; ce qui ne fut pas très long car il mourut 62 jours après, assommé par une horloge gigantesque. Monsieur Veetaes nomma donc son enfant : Eklaer (qu'il faut prononcer éclair).

Il fallut peu de temps pour que la génitrice du singulier nourrisson, au demeurant pas très vive d'esprit, comprenne que son mari n'avait pas eu là un coup de génie, car sa progéniture, elle en avait bien peur, n'honorerait jamais ce prénom si saugrenu. C'en était fait : l'enfant Veetaes Eklaer était lent comme une limace et mou comme une chique.

« Eh ben Vindidjou ! L'a un jé n'sais quoi qui va pas avec ech'quinquin [1] », pestait-elle en le regardant.

Eklaer fut toute sa vie synonyme de ralenti, petit pataud écumeux, enfant gnangnan, prépubère mollasson, ado lourdaud… En sa compagnie, l'unité de temps semblait se distendre à perte de vue.

Eklear ne marchait pas, il passa du « quatre pattes » au « plat ventre » aux environs de cinq ans, puis au stade « assis pour de bon » quelques années après. De toute façon, à quoi bon marcher quand on n'a nulle part où aller ?

---

[1] *Eh ben bon sang ! Il y a quelque chose qui ne va pas avec l'enfant.*

Eklaer ne parlait pas, il gazouillait, babillait ou tout juste bafouillait-il parfois. Il n'eut d'ailleurs qu'un seul mot à son répertoire les huit premières années de sa vie : « Bbh.» Cette percussive bilabiale dérivée d'un dialecte inconnu évoquait l'affirmation, la négation, la question, la réponse, mais aussi la colère, la tristesse, l'envie, ou encore la faim, la soif, le chaud, le froid… ; une terne syllabe inclinant vers le « Bbhâ », le « Bbheu » ou le « Bhho » selon l'état de l'équilibre thermodynamique et de la pluviométrie. De toute manière, à quoi bon parler quand on n'a rien à dire ?

Pendant des heures, jusqu'à ses douze ans, Eklaer admira les horloges démantibulées de son père que la veuve Vitaes avait un mal de chien à refourguer. Après que la chose fut faite, n'ayant plus ses machines à faire du tic-tac pour retenir son attention, il se planta, admiratif, devant le portrait de son paternel dont le visage aussi rond qu'un cadran de réveil et les longues moustaches dissymétriques titillant en haut à droite et en bas à gauche le cadre du tableau peint un jour où le modèle, Monsieur Vitaes, était rond comme une queue de pelle, rappelait une horloge toujours bloquée à la même heure : 10 h 20 ou 16 h 50, selon que nous étions le matin ou l'après-midi.

Dans les alentours, ça déliait les langues qui pendaient, pendaient, pendaient à en sortir toutes entières de leur poche. Les Samariens donnaient facilement dans le picard cancan : l'est pas sorti du cirque chuilà[2] ; l'ai bin ondulé d'la toiture ; ench tout cas l'doudouche l'a pas la lumière à tous les étages… Bref, l'hôpital qui se fichait scrupuleusement de la charité bien ordonnée qui commence par soi-même, car tout le monde savait que dans le coin, des comme ça, y'en avait pléthore.

À l'instar de sa mère qui, bien qu'athée, était grasse comme un moine, Eklaer, à ne jamais lever son auguste derrière de son sacro-saint canapé, fit du lard dès qu'il assimila le mot "engloutir" à celui de "manger". Il s'empâtait à vue d'œil et se dilatait tant qu'il fallut vendre tous les meubles de la maison afin d'en acheter d'autres plus résistants qui siéraient beaucoup mieux à ce calibre prolifère. Heureusement, la vie apportant son lot de surprises, le fractus du

---

[2] *Il n'est pas sorti de Saint Cyr celui-là.*

motard (dixit Eklear) qui emporta sa mère dans les confins d'un paradis pour obèses, alerta in extremis le vieil adolescent.

Un régime drastique débuta, coaché par la plus talentueuse en la matière : Lucette Pichon, la bonne à tout faire du curé de Vatan. Cette ménagère quinqua était guère appréciée pour avoir fourré son nez dans l'intimité de tous les Vatanistes (alors que notre Homme de Dieu fourrait tout autre chose dans son intimité à elle), une relique couramment surnommée le « suppo de Vatan ». Lucette Pichon était sèche comme un cotret et raide comme un pieu foré tubé. Pour Eklaer, elle était Lulu l'allumette. Certainement à cause de sa petite chevelure rousse coupée en brosse ou de ses perpétuelles flatuosités soufrées qu'elle ne cherchait pas à contenir (nous ne voyons là aucune autre explication, si ce n'est que Lucette Pichon s'enflammait au quart de tour dès qu'on la frottait de trop près). Originaire de la Drôme, le mistral avait érodé ses formes féminines si bien qu'habillée, on eût dit un jeune freluquet aux contours anguleux et à la surface râpeuse. Mais surtout, Lulu l'allumette avait le caractère tranché et l'autorité acérée, deux indéniables qualités qui extirpèrent Eklaer de son accroissement pondéral en lui faisant vivre un enfer sans nom pendant plus de longs mois et quelques années.

De toute sa vie, une seule lueur de génie grisa les méninges d'Eklaer lorsqu'un matin d'automne, il demanda naïvement que l'on remplace sa boutonnière de pantalon perpétuellement déchiquetée par une fermeture à glissière, une sorte de zip vu sur les coussins de son sacro-saint canapé. L'affaire fut confiée à Madame Rapiaisse, couturière en titre de Vatan, une femme rabougrie au nez pointu et mains crochues d'avoir trop fait de crochets, laquelle, très satisfaite de son ouvrage, renouvela l'opération sur les pantalons de son fils, puis sur d'autres nippes, et pour d'autres personnes, lançant ainsi une nouvelle mode qui allait se propager dans le monde entier à une vitesse fulgurante. La fermeture éclair était inventée, malgré Eklear !

Deux décennies avant ses 62 ans, l'insondable Monsieur Vitaes, fils du nom, eut le coup de foudre. Inscrit aux Empotés Anonymes afin d'étoffer sa vie sociale qui jusqu'ici rabotait le plancher, Eklear y fit la trouvaille de Justine Pottock. Notons que, durant l'été 81, il y eut tout de même une tentative d'approche avec les deux sœurs Mossu de la rue des Gredins. Elles étaient l'une et l'autre la fille de leur grand-père et leur mère était la fille de son oncle, le frère de sa mère. Les deux Mossu avaient donc pour père leur grand-père et pour grand-père leur grand-oncle et arboraient fièrement les signes distinctifs d'une famille transgénérationnelle et transgénique de pure souche. Mais la romance ne fut pas car Eklear prit la poudre d'escampette à bras-le-corps lorsqu'à leur premier rendez-vous galant, les donzelles retirèrent tout à trac leurs frusques, dévoilant ainsi leur lourde artillerie de guerre dans l'espoir que le Casanova picard morde à l'hameçon.

Il ne mordit à rien du tout (surtout pas à l'hameçon !)

Alors, elles le mordirent (sur tout le corps !)

Mais cette fois, tout fut différent avec Justine Pottock. Cette jeune demoiselle de tout juste quarante-cinq ans et quelques mois, originaire de la Camargue, venait de s'installer avec sa mère à Trusse-sur-Noye, petit village charmant de la Somme et voisin de Vatan. La rencontre fut claquante. Un bourdonnement électrique mit en branle le corps velu d'Eklaer et celui presque tout aussi velu de Justine, qui s'affala d'hébétude sur sa chaise en plastique rouge. Le choc fut retentissant.

Il vit Justine. Il dit : « Bbh ! » Premier mot doux pour une femme. C'en était fait : Justine ferait l'affaire, car à cheval donné, on ne regarde pas la bride !

Elle vit Eklaer. Elle dit « Hiiii ! » Premier gémissement de bonheur pour un homme. C'en était fait : Eklear serait son mâle reproducteur, car surtout ne pas juger le sac à l'étiquette !

Dès son plus jeune âge, Justine Pottock se fit appeler « Juju, la jument » ou « Justine, viande chevaline ». Mammifère herbivore, râtelier disproportionné, visage ovoïdal, crinière drue ramassée en une queue filandreuse, hauteur au garrot d'un mètre trois quarts, Justine ressemblait bel et bien, jusque dans les sabots qu'elle portait quotidiennement, à un cheval. On hennissait de moquerie lorsqu'on apercevait Justine, laquelle, pauvre gourde (il faut dire qu'elle était aussi un peu cruche) restait en carafe devant tant de malveillance. Mais Justine ne désespérait pas de rendre un jour envieuses toute la flopée de gonzesses qui ne gravitait jamais autour d'elle, en rencontrant son bel étalon. Justine chercha. Puis chercha à nouveau. Chercha encore. Chercha longtemps. Mais ne trouva pas. Si ce n'est une kyrielle d'ânes perfides et de mulets inconstants toujours prêts à la monter en l'appelant « ma pouliche ». Lasse de brouter seule dans son pré clôturé et sans issue, elle convainquit sa mère, une hippique des seventies sur le retour, de partir à l'autre bout de la France où elle pourrait galoper librement à la rencontre d'un nouveau vivier d'équidés en chaleur.

Comme toutes les histoires d'amour, Eklaer Vitaes et Justine Pottock vécurent… ensemble…, mariés pendant cent soixante-quinze mille deux-cent heures, affalés sur leur sacro-saint canapé qui s'affaissait, s'affaissait, s'affaissait sous leurs quatre fesses. Mais des amours nonchalantes entre notre Groméo et notre Jumenliette, il n'y eut pas d'enfant.

Eklaer Vitaes cassa sa pipe comme sa mère avait brisé le moule, rapidement et sans douleur, d'un pet au casque, plus communément appelé rupture d'anévrisme, soixante-deux jours après son équidé sauvage (dixit lui-même), laquelle mourut noyée dans l'étang des Pavots, car à trop avoir les deux pieds dans le même sabot lorsqu'on amène le cheval à l'abreuvoir, il boit la tasse. (Tout le monde sait par ailleurs : tant va la cruche à l'eau, qu'à la fin elle se noie.)

Il fut, un dimanche d'avril 2024, expédié au cimetière de Vatan comme il avait été expulsé dans ce monde : sans faire souffrir, car personne ne le regretta.

Telle fut la vie d'Eklaer Vitaes, né un 1er mai 1962, à 8 heures et 62 minutes, dans le petit village picard et fort accueillant de Vatan, paumé en Somme,… une vie bien ordinaire.

Un gamin qui n'enclencha jamais la première et n'eut jamais la rapidité ni l'éclat de l'éclair, mais qui aux yeux de tous, de sa mère, des voisins, des autres habitants de Vatan, du canton, de la Somme, et plus loin encore… était complètement sonné.

Eklaer Vitaes n'avait pas été une lumière et pourtant, c'est sûr, il avait pris la foudre !

☐

POSTHUME

L'homme est un animal comme la femme

Ma femme n'a pas attendu la fin de l'orage. Bravant une pluie battante, un froid de canard et un vent à décorner les bœufs, elle a galopé pour rejoindre le cimetière avant qu'il ne ferme, comme si l'ours mal léché que je suis, hibernant pour l'éternité dans l'un de ces petits terriers funéraires, allait lui poser un lapin ! Elle s'est glissée entre les tombeaux et a serpenté dans la grande allée centrale. Si j'avais été encore vivant, la voir aussi déterminée m'aurait donné la chair de poule. Parce que je l'aime bien finalement ma petite grenouille de bénitier ! Elle ne ferait pas de mal à une mouche.

Elle marche en crabe le long du mur pour retrouver ma lucarne à cendres. Une fois repérée par son œil de lynx, sa mine traduit la pitié de m'y voir confiné, si jeune, si talentueux. Moi finalement, je suis un coq en pâte sur le mur du columbarium. On est un peu serrés comme des sardines, mais je suis tranquille, peinard. Ma femme n'a jamais eu une mémoire d'éléphant, elle a oublié que je suis mort, nu comme un ver, au côté d'une hirondelle deux fois plus jeune qu'elle. Cette situation grotesque aurait pu lui mettre la puce à l'oreille, même si mon meilleur pote, rusé comme le renard, avait noyé le poisson pour ne pas salir mon image de mari irréprochable.

Crinière dégoulinante, croupe rebondie, elle chaloupe jusqu'à ma case à pas de fourmis pour faire durer le désir… Trop tard, là où je suis, du désir, je n'en ai plus ! C'est frustrant, car de mon vivant son appétit d'oiseau n'a jamais satisfait ma faim de loup.

« Tu peux être fier, mon lapin ! Ton dernier roman va être édité. Celui dont tu avais omis de me parler, tête de linotte ! Oh, j'imagine que tu avais d'autres chats à fouetter. Ne sois pas surpris, je l'ai découvert dans tes échanges d'e-mails avec la truie que tu rôtissais à la broche tous les jeudis, depuis pas mal de temps… Quel talent ! Quelle plume ! Ça a vraiment du chien ! »

La morue ! Elle a fouiné dans mes affaires personnelles ! Sa voix se durcit, elle monte sur ses grands chevaux :

« Je l'ai donc envoyé à plusieurs requins de l'édition. D'après eux, c'est un succès assuré, avec une possible adaptation au cinéma. Tu imagines le pactole ? Inutile de préciser que j'ai apposé mon nom là où tu n'as pas eu encore le temps d'écrire le tien. Tu vois, ta bibiche, ton poussin crétin, ta petite bourrique stupide a bien su tirer parti de ta crédulité. Bête comme une oie mais plus hargneuse qu'un roquet ! »

Et de conclure avec son rire de baleine :
« Je donnerais n'importe quoi pour voir tes yeux de merlan frit ! »
Quelle peau de vache !
Et moi, je suis muet… une carpe.
Je ne peux plus réagir.
Je suis cuit.
Le dindon de la farce.
☐

Tel homme, telle femme

Il pleut, il vente violemment, l'orage a éclaté. Ma femme descend la rue en courant, rejoint le cimetière. Il n'est pas trop tard, les portes ne sont pas encore fermées. Je suis là, logique, aucune chance de me dérober. Elle remonte l'allée centrale, accède au columbarium, déterminée, pétillante. Moi vivant, elle heureuse, un frisson m'aurait parcouru l'échine. C'est certain. Preuve que je l'aime encore… un peu… finalement. Elle cherche mon casier funéraire, hésite quelques instants, le trouve, s'en approche. Elle me jette un regard de pitié. Trop jeune pour mourir, tant de talent, un avenir si prometteur. Moi, je suis plutôt content. Ici c'est tranquille, je bulle tant que je veux. Ma femme ne peut pas le savoir, elle est si amoureuse. Elle a toujours eu confiance en moi. C'est idiot, je suis mort dans un lit avec ma maîtresse, plus jeune qu'elle, bien plus belle aussi. Elle n'en a tiré aucune conclusion. Pas très vive d'esprit. Apparemment.

Elle se racle la gorge, se prépare à parler :

« Sois fier, crois-moi. Ton roman, le tout dernier va être publié. Bientôt. Tu ne m'en avais jamais parlé ? Je ne crois pas. Bien d'autres choses à penser sans doute. Avec ta poufiasse, tous les jeudis soir, entre autres, tu étais très occupé, j'imagine. Ce manuscrit, je l'ai trouvé dans un de tes e-mails. En pièce jointe. Quelle longue, riche, profonde, intéressante correspondance ! Avec elle, j'entends. Dis, c'est talentueux. Le roman, bien sûr, pas la correspondance. Quoi que… »

Je suis sur le cul. Étrange pour un mort. Elle a fouillé dans mes affaires. Personnelles, privées, intimes, secrètes. Elle sait tout désormais.

Sa voix se durcit. Ce n'est pas fini.

« Ce sera un vif succès. Ils me l'ont dit. Les éditeurs de renom. Je leur ai envoyé le manuscrit. Jackpot pour moi, gloire, célébrité. Ton nom, je l'ai viré. Le mien le remplace. Dommage. Ta petite femme stupide, elle t'aura bien berné. »

Elle exulte, je ne peux rien faire. Aucune riposte, pas de vengeance possible.

Je la croyais fidèle, ma femme m'a trompé.☐

« La femme est à l'homme un orage domestique », *MÉNANDRE.*

L'homme qui a cœur et courage de fortune ne craint l'orage ! Ma femme sort de chez elle, il vente, il tombe des trombes d'eau, mais ça ne la décourage pas pour autant. Elle court comme une dératée en direction du Père-Lachaise car elle craint d'en trouver les portes fermées. Pour elle, être à l'heure c'est déjà être en retard. De mon côté, c'est plus simple, je suis toujours là. Un mort ne peut pas prendre ses jambes à son cou.

Elle remonte la grande allée en galopant, il faut battre le fer tant qu'il est encore chaud. Arrivée au columbarium, elle s'arrête devant ma lucarne funéraire. Ses yeux ont pitié de moi. Je suis mort si jeune, si talentueux. Moi, je n'ai que du plaisir ici, à bayer aux corneilles et dormir sur mes deux oreilles. Elle s'approche sans parler, avec le sourire aux lèvres, confiante. Pourtant, j'ai les mains sales pour avoir caressé une autre femme qu'elle. Et comme on est souvent puni par où on a péché, j'ai passé l'arme à gauche dans le lit de ma maîtresse. M'y trouver aurait dû la mettre en garde mais l'amour rend aveugle. Et ma femme m'aime à la folie.

Elle me parle enfin :

« Il ne faut pas vendre la peau de l'ours avant de l'avoir tué mais ton dernier roman va être publié. Je suis perplexe cependant que tu ne m'en aies jamais parlé. Ou alors, j'ai oublié. Possible, les paroles s'envolent, les écrits restent. À ce propos, ce sont tous les e-mails échangés avec la morue que tu salais tous les jeudis soir, qui sont, eux, bien restés dans ton ordinateur. Toi l'amoureux des onze mille vierges, sache que c'est dans une des pièces jointes que j'ai trouvé le manuscrit. Mon chéri, tu aurais dû réfléchir, on ne prend pas des mouches avec du vinaigre. »

Je tombe des nues. Elle a fouillé dans mes affaires et découvert le pot aux roses ! J'ai été trop dupe cette fois-ci. J'aurais pu imaginer l'issu de ce vaudeville car au bout du fossé, la culbute, quoi que l'on fasse.

Sa voix se durcit. Et de faire claquer son fouet :

« Je te dois une fière chandelle, avec ce nouveau roman, tu m'as donné du grain à moudre. Je l'ai envoyé à plusieurs éditeurs de renom. C'est la plume de l'aigle qui dévore toutes les autres, m'ont-ils assuré. La gloire et le succès sont proches. Mais comme à chaque jour suffit sa peine, j'ai pris l'initiative de remplacer ton nom par le mien. Tel est pris qui croyait prendre ! Désormais, j'aurai du foin dans mes bottes. C'est grisant, car comme tu le disais si souvent, l'abondance de bien ne nuit pas. »

La garce ! Je regarde ma femme. Je prends soudainement conscience que la beauté sans bonté est comme vin éventé. Quel idiot ! J'aurais dû être plus vigilant. Méfiance est mère de sûreté.

Elle rit stupidement.

« Les eaux calmes sont les plus profondes, mon chéri ! »

Et quand les brebis enragent, elles sont pires que les loups. Je suis consterné, cloué sur place.

Vouloir, c'est pouvoir, vrai, mais là, je ne peux plus rien. Il ne me reste plus qu'à avaler la pilule et me calmer. Puis à quoi bon se mettre martel en tête, elle connaîtra elle aussi un revers de fortune, en se faisant pincer un jour ou l'autre, c'est certain.

Car à l'œuvre on connaît l'artisan !

BABILLAGES

Un soir d'automne dans un restaurant provincial, et vide. Il est tôt. Deux femmes quinquas, assises autour d'une table, s'envoient un potage maronnasse à coups de cuillers réguliers. Ça fait « schlourrrrpss » à chaque fois que l'une aspire le liquide fumant et « gling » lorsque l'autre replonge sa cuiller dans le bol. Elles alternent le geste mais tiennent la cadence. Ça étouffe le silence, c'est rassurant. Quelques regards furtifs échangés entre « schlourrrrpss » et « gling », quelques sourires du coin des lèvres. Pas plus. Puis, la moins grosse des deux termine une dernière lampée schlourpsienne avant de demander à la moins mince comment va sa crise de goutte. La moins mince hausse les épaules : « Ça se dilue avec le temps ! »

La première compatit en soufflant pour refroidir la cuillerée qui s'approche de sa bouche. Hop, elle enfourne. C'est tout de même long ces crises-là et quand on croit que c'est fini, ça continue, lui confie-t-elle pour la rassurer, c'est comme pour Madame Dangeaud avec son cancer qui r'commence, d'autant que cette fois, y'en a deux !

La révélation interloque la plus grosse qui ignorait complètement cette nouvelle fâcheuse. Quelle misère cette maladie. Le fléau du siècle. Elle va tous nous emporter. Puis pour Madame Dangeaud, c'est pas bon signe car quand c'est r'parti, on sait tous que c'est foutu d'avance, non ?

Bruit de ferraille, les cuillers cognent contre les dents, contre le bol. Ça aspire. Ça déglutit. Ça remplit. Puis, la maigrelette s'interroge à voix haute : « Enfin, là, il est pas parti, il est plutôt rev'nu ! », « Qui c'est qu'est rev'nu ? », « Son cancer. », « Oui, vous l'avez dit tout à l'heure. », « Non, mais vous dites qu'un cancer parti, on sait tous que c'est foutu d''avance… »

L'autre s'étonne car elle n'a jamais dit « cancer parti » mais « quand c'est r'parti », c'est pas pareil, faut ouvrir les oreilles.

« Oups, j'avais mal compris », s'excuse la moins grosse avant de confier qu'elle, depuis quelques jours, elle boit un grand verre de lait avant d'se coucher. C'est bon pour elle le lait qu'elle s'est dit. Du entier bien sûr, c'est plein de calcium.

« Oui, plein, c'est bien connu », lui répond son interlocutrice sans grand intérêt. « Peut-être que j'n'en manque pas après tout... du calcium, poursuit la moins grosse avec entrain. Alors pour le coup c'est pas bon, si on en a assez, non ? », « Oui, quand on en a assez, c'est sûr, c'est pas bon. », « Remarquez, un verre de lait n'a jamais fait d'mal à personne. Et vous, vous prenez un verre de lait aussi les soirs ? »

Non, l'autre, les soirs, elle est plutôt tzigane.

« Ah !... mmh, sans doute », ne s'épanche pas la maigre qui n'a rien à dire sur le sujet, les yeux rivés sur le potage.

Les deux femmes schlourpssent une bonne cuillerée dans le silence (enfin pas tout à fait : gling, schlourrrrpss, gling, schlourrrrpss...), puis deux, puis trois, finalement elles finissent leur bol. La moins jeune, un peu embarrassée, bafouille à la moins vieille qu'elle n'est pas certaine d'avoir compris ce qu'elle prenait les soirs, raison pour laquelle du reste, elle n'a rien eu à dire sur le sujet.

« Un p'tit sachet de verveine et hop au lit »

« Aaaaah ! Une tisane vous voulez dire. »

C'est ce qu'elle a voulu dire. Mais c'est parce qu'elle a dit tzigane, c'est pour ça. Elle a dit tzigane, elle ? Oui, elle a dit tzigane, c'est quand même pas la même chose !

La moins vieille est confuse.

« C'est sûr, c'est pas la même chose, d'autant que j'aime pas cette musique. », « Mm, mais pas bête, ça fait dormir. », « Vous trouvez-vous ? Sincèrement c'est plutôt angoissant, non ? », « Qu'est-ce qui est angoissant ? », « La musique tzigane ! », « Mais je parlais de la verveine, c'est bien le sujet ? », « Oui, c'est bien le sujet... C'est bon tout de même la verveine. », « C'est bon mais moi, ça m'fait pisser toute la nuit, alors vaut mieux pas. »

Pour la moins vieille, pas d'problème de ce côté-là, avec sa rétention d'eau, elle garde tout. D'ailleurs, c'est Madame Trépié qui boit un verre de jus de carottes tous les matins au réveil. Paraît qu'c'est bon pour... elle n'sait plus bien quoi.

« Et son je-ne-sais-plus-quoi va mieux ? », « Je n'sais pas. », « Elle le fait elle-même son jus ? Parce que ça doit pas être commode tout ça ! »

Non, la moins vieille pense que Madame Trépié doit l'acheter tout prêt… Ceci dit, elle ne lui a jamais demandé !

« Je préfère mon verre de lait. Au moins, y'a du calcium. »

Elles saucent maintenant leur assiette avec un bout de pain, l'engloutissent, puis recommencent histoire de ne rien laisser. Une serveuse au taquet leur apporte un autre potage. Elles reniflent la deuxième tournée avec plus ou moins d'élégance. La plus rousse sourit alors et dit : « On change d'heure cette nuit. J'aime pas l'heure d'hiver. Y fait nuit plus tôt, c'est déprimant. »

La moins brune acquiesce, c'est vrai que quand y'a moins de soleil, c'est plus pareil. Et ces changements d'heures, c'est fatiguant. D'ailleurs qu'elle fasse attention, qu'elle n'oublie pas de régler son réveil. Elle, elle oublie toujours de le faire et du coup, pendant les vingt-quatre premières heures, elle se trompe d'heure. Elle est toujours en avance sur l'heure ou en retard, elle ne sait plus bien. Et pour remettre les pendules à l'heure, c'est un casse-tête chinois.

Pas d'inquiétude, la plus rousse ne se fait jamais avoir. D'autant que demain matin, c'est jour de shampoing, avant de partir au travail. À ce propos, elle a trouvé un produit formidable pour nourrir ses cheveux. Ça marche bien ce truc. Elle a les cheveux plus gras du coup.

« C'est vrai ? »

« Tenez, touchez ! »

« Pas la peine, ça se voit bien. »

« Je suis contente alors, moi qui ai le cheveu si sec d'habitude. »

« Nettement mieux, nettement mieux !… En parlant de sec, vous avez vu comme le temps est humide depuis quelques jours ? À vous rouiller les os ! »

Soudain, la femme aux cheveux carotte huilés blêmit. Elle éructe. L'autre lui demande si c'est trop chaud, si elle s'est brûlé la langue. Non, non, y'a juste un truc bizarre dans le potage. Elle recrache alors un morceau blanchâtre dans sa cuillère et le montre à la moins brune.

« Juste un navet, Maria ! » rétorque cette dernière.

« Ben j'ai failli m'étouffer avec ! »

Tout en ricanant aigu, elle l'écrase sur le rebord de son assiette.

« Qu'est qui vous fait rire maint'nant ? »

« Sainte Marie mère de Dieu priez pour nous pauvres prêcheurs ! »

La moins brune ne cille pas. Elle ne pipe pas un mot de ce qu'a dit la plus rousse.

« Un n'Avé maria… », finit-elle en riant de plus belle.

Alors l'autre la suit dans ses élans euphoriques : « Vous en n'Avé de bonnes vous ! »

Ça glousse dur.

Par contre c'est pécheurs, poursuit la moins amusée. Pêcheurs, demande la plus rousse tout en pensant à son mari habile de la canne et amateur de la pêche à la mouche.

« Pécheurs pas Prêcheurs, c'est pas pareil ! »

« On dit : priez pour nous pauvres pêcheurs ? Quel rapport ? »

« Laissez tomber. On ne rigole pas avec la religion de toute façon. »

Et la plus rousse de rétorquer que Dieu est humour.

« Oui.., ben oui… ben non... enfin pas toujours ! »

Un ange passe. Occasion de repartir dans les schlourpsss…

« Vous allez à la soirée Belote vous samedi ? »

« J'sais pas encore. »

« Hum ! »

« C'est que ces soirées sont… »

« Mmm ? »

« Enfin, vous voyez ? »

« Oui, très bien. »

« Non, mais je pense que c'est quand même pas… »

« Tout à fait, ça ne l'est pas ! »

« Quoi que, faut voir après tout ! »

« C'est ça, vous verrez bien. »

« Mais vous y allez, vous ? »

« Non. »

« Ah bon ? Pourquoi ? »

« Je suis trop mauvaise à ce jeu. »

« Comme vous y aller ! »

« Si j'y vais, ça ne fera pas un pli que je serai encore capot à chaque tour. »

« Remarquez, en plus, ça cause pour ne rien dire entre deux plis, ça m'fatigue. »

« Avec tous ces plis dans l'histoire, ça va froisser la soirée. »

« C'est pas faux. »

« Et ça ramollit le cerveau de parler de choses inutiles. »

« C'est sûr ! »

« Allons plutôt dîner quelque part, vous et moi. »

« Oui, faisons ça, c'est plus intéressant. »

Schlourpsss !

☐

LES DEUX DOIGTS DE LA MAIN

J'ai tué le chat. À 16h20.

J'ai tué le chat. Vous vous rendez compte ? Le petit félin à sa maman, son bébé angora, son antistress, son chauffe-pieds, sa machine à câlins, sa boîte à ronrons… fini, totalement écrabouillé, raplapla, tout aplati sur le tapis persan du salon que ma belle-mère nous a offert pour nos fiançailles.

Nom d'un chien, j'ai tué le chat. Imaginez un peu la scène, j'ai lâché le carton… et paf le chat ! J'ai senti la masse incongrue qui a amorti le choc. Une sorte de plofff ramolli, un retentissement caoutchouteux, un rebondi presque moelleux, rien de plus, rien de moins. Surtout le silence. Pas un bruit, rien, ce con, il n'a même pas miaulé !

Mais qu'est ce qui m'a pris de prendre une journée de RTT pour monter cette armoire Ikea ? Vous me direz, si c'est arrivé, c'est que ça devait arriver, d'autant que j'ai demandé ma journée de RTT pour cette raison. De toute manière, la nounou était malade. Fallait bien garder notre pitchounette. D'accord, je devais monter l'armoire ce matin et consacrer le reste de ma journée à la pitchounette. C'était le deal avec ma femme. Mais à dix-huit mois, admettez qu'une fille s'en balance de se promener dans les rues avec son père ! Je me suis dit qu'elle préférerait jouer dans son parc avec son foutoir à bébé et voir que son père était heureux de buller devant la chaîne sportive. Un enfant sent lorsque l'un de ses parents n'est pas heureux, non ? Il y a cette onde radio qui transmet des messages importants que nulle autre ne peut capter. Enfin dans ce sens-là, car de mon côté je ne comprends pas la moitié de ce qu'elle baragouine, je ne sais pas si elle à faim ou soif, si elle est malade…

La gamine d'ailleurs, sur le moment, je l'avais complètement oubliée. Ce n'est qu'après avoir reposé le carton et titillé avec le pied le cadavre du matou que j'ai réalisé qu'il y avait ce deuxième félin à quatre pattes dans la pièce. J'ai tout de suite imaginé le traumatisme de la petite qui devrait vivre le restant de ses jours avec ce drame ancré dans sa mémoire. J'ai jeté un coup d'œil dans le parc où je l'avais mise le matin. Je n'ai rien vu. Elle continuait sa sieste. Ouf !

Lorsque j'ai soulevé ce foutu carton, je l'ai vu à même le sol, se confondant avec le tapis. Seulement moi, je l'avais repéré. Une fourrure rousse tigrée comme celle-là, je n'en vois pas d'autres dans la maison. Et la forme du chat scotché sur le flan, les pattes raidies comme des piquets de clôture, ça vous saute à l'œil. Je ne lorgnais plus que ça. J'avais les deux mains incrustées dans le carton criminel, la mâchoire au niveau des chevilles, langue pendante tel un clébard assoiffé… arrêt sur image… Que fait-on ? Où va-t-on ? Que dit-on ? Impossible de rembobiner ce thriller dont je suis le criminel malgré moi. J'ai pensé reposer le carton sur le corps inerte de Pipette et continuer comme si rien ne s'était passé. Mais c'est ridicule, ma femme s'en serait rendu compte un jour ou l'autre, ou plutôt en quelques heures.

Merde, je pense à ma femme. Je me tétanise. Parce que le chat, je m'en fiche royalement. Mobile en trois D ou inerte en deux D, je m'en balance comme de ma première chaussette. Je n'aime pas les animaux. Seulement Pipette a été livré avec ma femme. Un package comme on dit dans le langage commercial. J'étais amoureux, je n'ai rien dit, j'ai laissé faire. J'étais son violon d'Ingres, elle était ma madeleine de Proust. Nous étions deux papillons innocents batifolant dans le pré de l'amour, deux babouins en cage méprisant tous les autres, prêts à montrer notre derrière aux passants, à n'importe quelle occasion, juste pour leur prouver qu'on était heureux de s'aimer. Nous étions tout ça, alors j'ai accepté le chat. Mais jamais je n'aurais imaginé que Judith et Pipette, c'était Castor et Pollux, Romus et Romulus, Héloïse et Abélard, Clark Gable et Vivien Leigh, Laurel et Hardy, Simon and Garfunkel, Blake et Mortimer, Tic et Tac, le corbeau et le renard, les frères Lumière, Grimm, les sœurs Papin… Pipette était pour Judith ce que le dentifrice est à la brosse à dents, ou ce que la flûte est au champagne. L'un et l'autre se complètent. Symbiose, osmose… Impossible de les séparer.

J'ai occis le matou. Pas exprès, comme elle va le penser. Je suis foutu. Je vois d'ici la scène. Judith est tenace lorsqu'il s'agit d'en vouloir aux autres. Surtout à moi ! Notre couple allait déjà à vau-l'eau ces derniers mois, mais là c'est la chute de l'empire Byzantin. Elle réussira à me faire passer pour un assassin patenté. Alors que moi, « j'ai jamais tué de chats, ou alors il y a longtemps, ou bien j'ai oublié, ou il sentait pas bon… » Je divague. Citer Brel ne m'aidera en rien dans ce merdier.

Avec Pipette, les premiers mois de cohabitation furent un enfer. Judith, ma femme, lui appartenait corps et âme. Moi, j'étais devenu persona non grata, l'intrus à faire déguerpir coûte que coûte. En l'observant, j'ai compris ce qu'est un chat : un animal néfaste. Dans l'inconscient collectif le chat est intelligent. Dans le mien, Pipette est sournois. C'est un engin de guerre camouflé en peluche animée. Après l'avoir castré, il est devenu un vrai chat d'assaut dont j'ai appris à décoder les fonctionnements. Pipette observe, mesure, toise dans l'unique objectif de fomenter, et fomente dans le seul but d'attaquer ! Petits coups de pression avec les coussinets sur votre ventre, il cherche la défaillance de votre organisme, cible votre faiblesse pour plus tard. Il s'entraîne quotidiennement à gratter dans sa litière pour se préparer à mieux enterrer le corps de sa victime. Pipette, c'est le Parrain. Lorsqu'il vous ramène un cadavre d'oiseau ou de souris, il faut le prendre pour un avertissement. Il vous fixe dans les yeux pendant de longues minutes, sans ciller, et on est loin du jeu enfantin de « je te tiens, tu me tiens par la barbichette… » Non, il teste votre faiblesse. Plus les jours passent, plus vous flanchez et plus il gagne du terrain avant l'ultime combat. Lorsque l'attaque arrive, il revêt sa tenue de camouflage, fait le dos rond, gonfle la queue en un plumeau recourbé, baisse les oreilles, écarquille les mirettes et se déplace en crabe par petits sauts. Complètement fêlé le félidé !
J'ai laissé la bête agir à sa guise, mais après quelques mois, la guerre était déclarée. Certains jours, la maison s'apparentait à une tranchée de 14-18. Chaque pièce était devenue un terrain miné. Je pensais naïvement que de simples coups de pied auraient raison de l'ennemi, mais il m'a fallu rapidement établir d'autres plans aussi cruels qu'efficaces. Deux années d'hostilités ont eu raison de Pipette.

Le commandant en chef du cinquième bataillon s'épuisa. Au fur et à mesure, il capitulait avec lassitude. Ses attaques se firent moins nombreuses, moins meurtrières. Le renoncement supplanta la haine. Une paix tacite s'était instaurée, alimentée par l'indifférence. J'ai appris à ne plus haïr Pipette, juste ne pas l'aimer, c'était plus reposant.

Ces images du passé ont défilé dans ma tête. Un bon quart d'heure était passé et je n'avais toujours pas bougé d'un iota… Pipette non plus, toujours sur le tapis, même position, même regard vitreux. J'ai regardé l'horloge du salon. Il fallait que je prenne une décision avant que Judith ne rentre. Toutes les options les plus farfelues m'ont traversé l'esprit. Aucune ne me convenait. Mais j'étais cependant certain d'une chose : toute vérité n'est pas bonne à dire ! J'allais donc mentir à ma femme pour préserver notre couple. Et là, je ne sais plus comment, mais l'idée m'est venue, concise, bien ciselée, insoupçonnable. Pour la mettre en pratique, je devais m'activer, il fallait que je monte cette armoire avant.

J'ai couru dans la cuisine prendre un sac-poubelle. Un 5 litres ferait l'affaire. Lorsque je suis revenu, ma fille était debout, sautillant dans son parc pour que je vienne la chercher. Que la gosse patiente encore ! Je lui ai lancé une tablette de chocolat. Ensuite, j'ai délicatement pris Pipette, encore mou, pour le mettre dans le sac. Dehors, j'ai caché le tout derrière des bûches de bois, sous le barbecue. À ce moment précis, je me suis dit que finalement, j'aurais pu le faire griller à la broche pour le brunch prévu le week-end prochain. Mais changer de plan au dernier moment n'aurait fait que semer le trouble dans mon esprit. Il me restait une petite heure avant le retour de Judith. Tout ce stratège reposait sur un fil : la névrose de ma femme, le rituel… la routine, chaque chose doit être faite dans l'ordre. Je savais qu'elle stationnerait sa voiture dans l'allée, devant le garage, me laissant chaque soir le soin de la rentrer moi-même parce que l'ouverture est trop étroite et qu'elle craint de se brûler les ailes contre les murs. Une fois dans le hall d'entrée, elle lancerait à qui veut l'entendre un « Bonsoir, je suis arrivée ! », en jetant les clés de sa voiture. Après quelques papouilles à notre fille, elle se servirait une bière et monterait à l'étage se délasser dans un bain. Elle allumerait la radio et se confinerait dans sa bulle de savon une bonne demi-heure. Suite à quoi, elle descendrait directement dans la cuisine, fouillerait dans un des placards pour en ressortir un paquet de croquettes qu'elle secouerait vivement en paradant : « Pipette ! Minou, ma petite mimine ! » Et c'est à ce moment-là que les événements prendraient une autre tournure, car mimine ne répondrait pas. Judith parcourrait chaque pièce, toujours en secouant les croquettes comme notre fille agite régulièrement son hochet à cloches pour nous faire enrager. Seulement, pas de Pipette en vue. Aucune chance que je n'échappe à la question : « Tu n'as pas vu Pipette, c'est bizarre, il ne répond pas ? » Je feindrais l'étonnement, ou plutôt l'ignorance, et répondrais un « non, pas fais gaffe ». Ne pas trop y accorder d'importance afin d'éviter tout soupçon. Il me faudrait ensuite attirer ma femme vers l'extérieur, l'inciter à sortir dans le jardin : « À moins qu'il n'ait filé quand tu as ouvert la porte pour rentrer ? Regarde dehors. » Elle me lancerait un regard torve, un de ceux qui veulent dire « tu n'aurais pas pu faire attention ! », et s'aventurerait sur le perron. Après l'avoir entendue hurler, je me précipiterais vers elle : « Qu'est-ce qui se passe, Judith, pourquoi tu cries ? »

Nous habitons au bout d'une impasse, une maison des années quatre-vingt, pas vraiment de style, ou un style que je ne comprends pas. Judith avait l'envie soudaine de se frotter à la nature, respirer autre chose que la pollution parisienne, autant d'arguments plus ou moins viables qui nous ont conduits dans cette bourgade aux allures de bourgeoisie banlieusarde. C'était l'endroit idéal pour elle, retiré, faussement vert, aux abords de la capitale dont il ne fallait tout de même pas trop s'éloigner, si toutefois... Cet affreux témoin de non-architecture, construit sur un terrain légèrement incliné, avait séduit Judith, parce que de notre chambre au premier étage, elle dominerait le quartier. À sa demande, j'avais planté une haie assez haute tout autour de la maison pour en délimiter son territoire, gagner en intimité et clôturer le nouvel espace de jeu de Pipette. Du garage à la haie qui borde l'impasse un peu plus bas, il y a environ huit mètres, de sorte que, si l'on oublie de serrer le frein à main d'une voiture négligemment stationnée devant le garage en attendant que son mari la rentre un peu plus tard, elle reculerait, en roues libres, doucement, silencieusement jusqu'à rebondir dans la clôture verdoyante. Huit mètres en légère pente. Pas assez pour que le véhicule prenne trop de vitesse, défonce la haie, traverse l'impasse en risquant de renverser quelqu'un et incruste son arrière-train dans le mur du voisin d'en face, mais suffisamment pour rouler sur le chat qui roupillerait au grand air, larvé en plein milieu du terrain. Il me faudrait juste le temps de son bain rituel pour prendre les clés, desserrer le frein à main, laisser la voiture glisser jusqu'en bas, bien refermer la portière à clés, sortir Pipette de sa cachette, l'extraire de son sac-poubelle, le déposer sur les traces laissées par les roues dans le gazon, retourner à la maison, reposer les clés à leur place. La suite, vous la connaissez.

Je me suis lancé à corps perdu dans le montage casse-tête de l'armoire Ikea. Comprendre le mode d'emploi simpliste, repérer les pièces, les comparer au dessin, les compter, assembler, visser, dévisser, revisser, emboîter, coller, oublier, redémonter, tourner, recommencer, relire le plan, le tourner, soupirer, pester, s'énerver, transpirer, maudire, exercice idéal pour vous faire oublier votre marmot qui joue les grands artistes contemporains en ressuscitant le bon vieux body painting avec la tablette de chocolat Milka, mais surtout parfait pour ne plus penser au meurtre que l'on vient de commettre. Aux oubliettes Pipette ! Si bien qu'après avoir réglé la dernière charnière de ce meuble faussement « in », Judith n'étant pas rentrée, j'ai vraiment cru que l'on pouvait me décerner la palme du meilleur monteur Ikea. En moins d'une heure, c'était un exploit ! Un coup d'œil à la pendule du salon pour déterminer exactement mon timing de champion. 20h15. Déception. Le champion pouvait aller se rhabiller. Il m'avait fallu plus de trois heures. Ma fille s'était à nouveau endormie, les mains collées sur les cheveux et ma femme n'était toujours pas là. Incompréhension. Judith n'est jamais en retard. Ou si cela arrive, un client obtus qui la retient au boulot, un verre avec ses collègues pour célébrer un nouveau contrat ou quelques courses sur le chemin du retour, elle prévient. J'ai vérifié mon téléphone portable. Rien. Pas d'appel manqué. Pas de message. Pas de SMS. Pas d'email. L'inquiétude m'a saisi. Elle allait faire capoter mon plan. Rentrer plus tard que prévu. Ne pas stationner la voiture devant le garage, ou peut-être même, pour la première fois, la rentrer toute seule dans ce foutu garage, appeler le chat pour le nourrir avant de prendre son bain !... L'angoisse. La dispute. La bataille. Le divorce. Je suis foutu pour de bon.

On a sonné à la porte. Avait-elle oublié ses clés ? Pas dans ses habitudes pourtant. Distraite ? Que se passait-il dans sa tête ? Des soucis au boulot ? Des soucis de santé ? Deuxième sonnerie. Cœur battant, j'ai regardé par la fenêtre, je n'ai rien vu. Troisième sonnerie. J'ai ouvert la porte et j'ai vu deux flics, une femme, un homme. Pourquoi les flics ? Que veulent-ils ? M'inculper pour écrasage de chat ? Non, on n'arrête pas les gens pour ce genre de détails, c'est ridicule. Puis ils n'ont aucune preuve, tout s'est passé à huis clos, sans témoin. Pas de sang, pas d'empreintes... mais un corps, un corps qu'ils sortiraient de derrière les fagots. Merde ! ils allaient le trouver. Mais c'était un accident. Un simple accident. C'est Ikéa le responsable. Je n'ai pas voulu chat... ça ! C'est arrivé comme ça... chat... j'sais plus, bêtement, je n'ai pas fait exprès. Alors j'ai lancé tout à trac :

— J'vous jure, c'est pas moi !
— Monsieur Garance ? a demandé gravement l'agent homme.
— Il y a eu un accident, a poursuivi l'agent femme.
— C'est..., c'est une question ? ai-je bafouillé.
— Qu'est-ce que vous dites ? ont demandé les deux.
— Pi... Pipette..., je...
— Votre épouse, Monsieur Garance, elle était en voiture avec une autre femme lorsqu'elle a percuté un camion de plein fouet sur la nationale 35.
— Un camion ?.... Ma femme ?...
— Je suis navré.
— Monsieur Garance, cette femme et votre épouse sont...

Comme les deux doigts de la main.
Judith et Pipette.
Inséparables.

ALLER-RETOUR

Elle ouvre les yeux. Il est assis à ses côtés. Depuis combien de temps n'était-il pas venu ? Elle ne s'en souvient plus. Longtemps, c'est certain, peut-être même une éternité. Elle ne lui en veut pas... il est là. Elle lui sourit et lui la contemple avec compassion. Ça la rassure.

Il porte son pantalon beige en velours côtelé et cette chemise de soie blanche qu'elle lui avait confectionnée pour ses trente ans. Il est si séduisant avec. Cheveux gominés, peignés en arrière, joues rasées de près, deux grands yeux noirs de jais.

Son visage, à elle, doit être décharné !

Elle ne rompt pas ce silence. Elle tend la main, priant pour que son geste se fasse sans effort, sa faiblesse lui fait si honte. Curieusement, son bras dessine un mouvement souple et lorsque leurs doigts se rencontrent, elle frémit. Il lui a tant manqué. Et de s'approcher lentement pour l'embrasser, ce baiser, elle en pleure déjà de bonheur. Mais derrière ce rideau de larmes sa présence se floute.

Il ne peut pas partir déjà.

Il ne doit pas partir encore.

Elle sert sa main, un peu plus fort.

— Bonjour ma douce. Comment te sens-tu ?

Sa voix est chaude. Elle se sent bien. Sa respiration s'est calmée. Les douleurs, si insoutenables avant qu'elle ne se soit endormie, se sont dissipées. Elle voudrait le lui dire, mais parler l'épuise. Son souffle est si court. Sa bouche si sèche.

— Je suis heureux de pouvoir te toucher. Il y avait si longtemps.

Elle réalise son égoisme. Ses yeux se noient à nouveau. Lui aussi a souffert de cette séparation. Comment a-t-elle pu l'ignorer ?

Pour l'apaiser, il effleure ses paupières d'un sourire.

Sa quarantaine est terminée ? Elle va pouvoir repartir ? Avec lui ?

— Tu es enfin là !

Les mots ont glissé sur ses lèvres. Libres. Elle semble guérie.

Les effluves capiteux de son parfum. Elle inspire. Cette fragrance lui évoque tant de souvenirs. Tous ses sens sont en éveil, affranchis de souffrances. Elle lance sa jambe hors du lit. Plus rien ne peut la retenir, ni même ce fil qui la relie à une machine dont elle ne connaît finalement pas l'utilité. Elle est légère, étonnamment légère.

Ils peuvent cheminer ensemble, main dans la main, vers ce halo, comme ils l'avaient fait le jour de leur mariage en se dirigeant vers l'autel. Quelle chance a-t-elle de revivre ces instants délicieux du passé ! Les murs blancs de cet hôpital paraissaient si ternes jusqu'ici. Et là, cette illumination l'accueille à bras ouverts. Elle n'a plus qu'un souhait, s'en approcher.

— Quel temps merveilleux ! Je suis si impatiente de sentir à nouveau le soleil.

Elle s'immobilise. Instant de lucidité. Cette fichue chemise de nuit presque transparente est jaunie d'amertume. Elle ne peut pas sortir comme ça. Mais il a déjà saisi une veste en velours et lui couvre les épaules. Ils peuvent repartir. Ses jambes graciles facilitent sa marche. Elle a l'élégance d'une biche. Comme avant, elle voudrait courir, traverser ses prairies d'enfances. Comme avant, elle voudrait sentir l'herbe sous ses pieds, sauter les mares, prendre son élan, rebondir, attraper un fruit aux branches du verger. Comme avant, elle voudrait nager dans l'eau fraîche de la rivière, celle qui coule depuis toujours derrière sa maison.

À deux, ils marchent vers le soleil, toujours plus éclatant. Est-ce un rêve ? Elle n'a vu ni la porte, ni le couloir aseptisé de ce centre hospitalier. Il n'y a personne. Elle marche sans savoir, sans voir, et ça lui plaît.

Mais il lui lâche la main, recule de quelques pas. Il tend son bras vers la lumière comme pour l'inviter à continuer seule. Les maux reprennent dans sa tête. Pourquoi rentrer sans lui ? Pourquoi souffrir encore de cette injustice ? Saura-t-elle se débrouiller, elle qui est dans ce lit, isolée depuis des mois ?

— Je suis navré ma douce mais je ne peux pas t'accompagner. Ce chemin, tu dois le faire sans moi. Dieu en a convenu ainsi.

— Dieu ?

— Mais je serai là, de l'autre côté, lorsque tu arriveras. Je t'attends depuis tant d'années.

Un sentiment de confusion l'envahit. Qui est-elle ? Quand sommes-nous ? Quel âge a-t-elle ? Elle fait demi-tour et regarde dans la pièce pour y entrevoir une réalité plus sensée. Ce petit cadre posé là. Sur la table de chevet. Près du lit de son supplice. Une photographie... ancienne. Le visage affable de son mari serrant dans ses bras une jeune femme. Cette jeune femme, radieuse, épanouie, c'est elle.

Elle veut s'en approcher, mais on la retient. Elle ne peut plus faire marche arrière. Elle cherche un réconfort auprès de son mari, mais il se déporte sur le côté, pour qu'elle puisse comprendre. Alors elle se voit. Dans le miroir, c'est bien son reflet, mais si différent de la photographie.

Ses mains osseuses, sa peau flétrie et tachetée, son teint exsangue, son visage raviné... Elle est fanée.

Combien d'années se sont écoulées depuis qu'il est parti ? Depuis ce terrible accident ? Les images crient dans sa tête. Dehors il pleut encore. La tempête s'est calmée mais le vent souffle encore. L'arbre s'est abattu sur le toit. Il faut faire quelque chose tout de suite, insiste-t-il. Non, trop dangereux. Attendons. Elle le supplie en vain et le regarde s'aventurer sur la toiture. Il se floute derrière les gouttes de pluie. Elle se frotte les yeux pour y voir plus clair. Mais il n'est déjà plus là. À peine un cri, masqué par le vent. Un corps qui tombe. Et la voilà seule sous la pluie. C'était il y a si longtemps. Depuis, elle s'est abîmée et lui est resté jeune, aussi beau que ce jour atroce. Elle palpe soudain toute la colère et la rancœur qu'elle lui portait... juste parce qu'il l'avait abandonnée.

Tout est confus.

— Toi et moi, enfin réunis pour l'éternité...

Mourir. Était-ce ce qu'elle avait espéré ? Ce moment attendu avec obstination, celui pour lequel elle priait dans sa chambre d'hôpital ? N'est-elle pas heureuse de pouvoir renoncer enfin à cette torture ?

Elle répond d'un sourire.

Il a raison.

Le courage revient.

Elle peut avancer sans lui maintenant. Un pas, puis deux, puis trois… Elle n'a rien vu venir, une seconde, un déséquilibre furtif et la voilà à terre.

Elle voit son mari s'éloigner et tendre ses mains vers elle. La lumière se dissipe.

Elle veut lui crier de revenir, mais reste muette. Un spasme la saisit à la poitrine.

— Reviens ma douce, courage !

Elle se relève, mais un deuxième choc, encore plus violent, lui atteint le cœur. Son corps s'effondre. Tout n'est plus qu'échos. Elle ne reconnaît plus la voix de son époux, « Courage, encore une fois… », cette voix qui s'approche de plus en plus près, « On tient bon ! » de plus en plus forte, « Un, deux, trois ! »

Elle sombre.

Elle ouvre les yeux. Ils sont debout à ses côtés. Depuis combien de temps sont-ils là ? Elle ne s'en souvient plus. Longtemps, c'est certain, peut-être même une éternité. Elle leur en veut… ils sont encore là. Elle ne leur sourit pas et eux, la contemplent, avec satisfaction. Ça lui fait peur.

Elle a mal dans son corps.

Ils sont laids et le blanc de leur blouse est si fade !

TU SERAS COMME NOÉ !

— Moi, quand je serai grande, je serai toxicomane.

Du haut de ses un mètre cinquante, Madame Sougoufar, nourrice pas vraiment agrée, bonne à tout faire pour maman, bonne à rien faire pour papa, interrompt son dépoussiérage. Lèvres en demi-lune, regard étoilé, elle a le visage d'une nuit chaude d'été.

— Tu as de la suite dans les idées, dit-elle à l'enfant.

Elle dépose sa bonbonne Océdar sur la table basse mais garde son chiffon jaune dans la main, se penche vers l'enfant puis poursuit en murmurant :

— Raconte-moi, c'est quoi ce métier ? Car tu sais, je suis presque vieille moi et les nouvelles technologies, c'est pas mon fort.

Sur le canapé, la petite bouche s'anime. Toxicomane, c'est bien non ? Une voiture, rien que pour soi, très grande, brillante, bleue, comme le ciel ou la mer, une super caisse comme dit papa, mais toute lisse, toute neuve, pas comme la sienne, celle qu'il gare dans le garage, sa fée qu'a des bosses comme il l'appelle, oui, une voiture pour aller où on veut, quand on veut, comme on veut, bouger, traverser la ville, de long en large, rencontrer des gens d'ailleurs, et parfois d'ici, mais différents, peut-être même des stars du cinéma ou de la chanson, apprendre leurs petits secrets, ou grands d'ailleurs, c'est encore mieux. C'est décidé, elle sera toxicomane !

Madame Sougoufar se bidonne derrière son chiffon, se plie en deux, en profite au passage pour reprendre sa bonbonne Océdar :

— Mais c'est chauffeur de taxi que tu veux faire alors ?

Après quelques hésitations, la caboche blonde se renfrogne :

— Non !

— Comment ça non ! Si, si, si, c'est comme ça qu'on dit, poursuit Madame Sougoufar, toujours hilare.

— Non, pas chauffeur alors… chauffeuse… quand même !

Madame Sougoufar secoue vivement son chiffon et sa bonbonne tout en continuant de rire. À force, elle va s'étouffer, c'est certain.

— Oui, oui, oui ! Excuse-moi mademoiselle, c'est chauffeuse qu'on dit pour une fille, tu as raison. Par contre, c'est pas toxicomane, c'est taximan !

Et de repartir dans ses élans exaltés.

— Car si tu dis toxicomane, c'est pour ton matricule que ça risque de chauffer.

La fillette acquiesce sans comprendre. Vrai qu'elle n'a pas encore réfléchi à la plaque de matricule pour sa voiture taxi. Mais elle ne comprend pas pourquoi c'est si amusant. Elle y pensera plus tard à la plaque de matricule. Finalement, elle a encore le temps pour ça.

— Taximan, ce n'est pas un travail pour une fille ça, enchaîne Madame Sougoufar un peu calmée.

Elle se remémore les taxis-brousses de son Sénégal natal. Ces camionnettes jaunes et bleues, sales, rouillées qu'elle devait prendre parfois pour se rendre en ville. Rares étaient les femmes qui l'empruntaient à cette époque et Madame Sougoufar se retrouvait toujours écrasée parmi une dizaine d'hommes au regard lubrique, dans ce véhicule qui n'avançait pas et dont le bruit du moteur s'apparentait aux pétarades des mines antipersonnel cachées dans le sol Casamançais. Elle en avait senti des mains sur ses cuisses qui fouillaient sous sa tunique et qu'elle n'osait pas freiner, mains calleuses, rugueuses, graisseuses, vicieuses… Des frayeurs à en faire raidir les cheveux les plus crépus, des angoisses à en faire pâlir les plus noirs du pays, surtout quand le taxi-brousse hoquetait, s'étranglait, s'asphyxiait pour de bon et terminait en taxi-pousse. Il fallait alors pousser le véhicule sur des kilomètres, avec un cagnard cuisant, sans trop compter sur les mains de ces messieurs qui se baladaient bien plus sur elle que sur la grosse carcasse métallique. Et plus tard, à Dakar, les taxis-clandos qui n'avaient pas le droit d'exercer, mais qu'on laissait rouler pour que l'indigence ne se frotte pas aux gens biens. Les taxis-clandos, un savant mélange entre clandestin et clodos, qui recensaient toute la racaille de la capitale.

— Et pourquoi ça ? lance la fillette en roulant ses petites billes azur dans leurs orbites.

Mais parce que c'est fatigant, jeune fille, lui explique-t-elle. Il lui faudrait travailler de nombreuses heures d'affilée, toute la nuit parfois, puis toujours assise, à force elle aurait le postérieur endormi, plein de fourmis, rester toujours assise, c'est pas bon pour la circulation. La circulation du sang bien sûr, pas des voitures dans la rue, après elle aurait des jambes comme des pilons de poulets et des veines aussi grosses que des vers de terre, bien malades, toutes violacées, qu'on appelle des varices, c'est pas très joli pour une dame et en plus ça fait souffrir. Puis c'est dangereux comme métier, si un bandit rentrait dans son taxi et l'attaquait en pleine course, elle ferait comment pour se défendre, toute seule, toute frêle, toute fille qu'elle est ?

Des varices ! Comme celles de sa grand-mère qui est allée à l'hôpital pour qu'on les arrache et qui marche avec des cannes depuis ? Non, elle ne veut pas marcher avec des cannes, elle. Effectivement, elle n'avait pas pensé à ça. Tout ce qu'elle voyait, c'était travailler seule justement, tranquille pépère, pas comme papa qui se plaint toujours de son patron, ou encore maman qui râle contre ses collègues. À la télé, elle a vu une émission sur les taxis qui amènent les gens prendre l'avion, le train ou à un rendez-vous amoureux. Elle veut rendre service aux gens, elle aussi, car elle veut être gentille, comme ça elle aura la belle coiffeuse qu'elle a commandée pour noël, seulement si tu es gentille lui a dit maman, pour la coiffeuse, alors pour être gentille elle voulait faire prostituée plus tard, mais la maîtresse lui a dit que c'était franchement pas bien. Elle avait l'air embêtée d'ailleurs, la maîtresse, alors que maman lui avait expliqué sans détour que c'était des femmes qui faisaient du bien aux hommes et les rendaient heureux, mais qu'il ne fallait pas en parler, ne jamais se vanter de faire du bien, c'est moche ! Voilà son explication. C'est gentil de faire du bien pourtant. Pourquoi on n'en parlerait pas ? Tant pis pour prostituée, c'est décidé, elle sera chauffeuse de taxi, seulement elle ne le dira à personne, sauf à Madame Sougoufar bien entendu, elle lui dit tout à elle, et puis c'est trop tard, c'est déjà fait.

— C'est bien de vouloir être gentille ! Mais pas trop quand même, ou alors choisi plutôt les animaux, c'est plus simple, conclu la femme de ménage entre deux pschitts Océdar, parce que trop gentille avec les hommes, tu sais…

Chauffeuse de taxi pour animaux, ça existe ça ? Elle n'en a jamais vue. Où les amène-t-on les animaux ? À la « SP machin » ?

— La SPA, corrige Madame Sougoufar.

— Les gens disent que c'est pas bien la SPA.

— Non, jeune fille, mais tu pourrais les emmener chez le vétérinaire par exemple, et surtout, tu pourrais conduire les animaux vers la vie pour toujours ? Tu te rends compte !

La vie pour toujours ! Ah oui ? Elle pourrait garder son chien toute sa vie ? Oui ? Elle pourrait sauver tous les abris-puces du quartier, comme les appelle papa qui n'aime pas trop les chiens ? Elle pourrait faire ça, elle, avec son taxi ? Vraiment ?

— Oui, oui, oui ! Mais pas seulement les chiens, tu sais, tous les animaux de la terre, comme Noé !

Comme Noé ! Wao, c'est super ! Mais c'est qui Noé ?

Un très vieux Monsieur, rabougri, cheveux blancs, petit par la taille mais grand à l'intérieur. Il était chauffeur de taxi pour animaux lui aussi, raconte Madame Sougoufar. Un jour, il y a très longtemps, une violente tempête a éclaté sur la terre, une tempête comme personne n'en avait jamais vu. Il a plu des semaines entières. Tout était inondé, tout le monde se noyait. Alors, Monsieur Noé, qui voulait être gentil, comme elle, a décidé de construire un taxi pour abriter les animaux, tous, chiens, chats, souris mais aussi des lions, des girafes, des aigles et tous les poissons de la mer, même les gros mammifères marins comme les baleines, par exemple… enfin tous, sans exception, pour les conduire dans un endroit où ils seraient en sécurité.

— Et comment on appelle les chauffeuses de taxi pour les animaux, Madame Sougoufar ? demande la fillette captivée, voyant déjà la belle coiffeuse sous le sapin.

La femme de ménage chuchote le grand secret à l'oreille de Lucille et s'en retourne à sa besogne, laissant la petite, songeuse.

— C'est beau, non ? chante-t-elle pour accompagner les vapeurs Océdar.

Dans les yeux de la fillette, des feux d'artifice. Quelques légers soubresauts sur le canapé. Elle se lève d'un bond et s'enfuit du salon à toutes jambes en criant, victorieuse :

— Alors moi, quand je serai grande, je serai comme Noé, je serai taxidermiste chez les vétérinaires !

UNE BALANCE QUI VAUT SON PESANT

D'OR

C'est du grand délire !

L'inspecteur Brassot s'engage dans le couloir du commissariat central en bougonnant.

Trente ans de carrière dans la police, dont vingt dans la criminelle, on peut dire qu'il n'est pas né de la dernière pluie, mais là, la situation n'a jamais été aussi absurde. Des affaires insolites, il en a pourtant résolues un paquet, jonglant entre l'apprenti-meurtrier du dimanche, malhabile et désœuvré dont les mobiles vous sautent à la figure avant même que l'enquête ne commence, et le tueur en série, exercé mais clairement givré et dont les pratiques mystico-religieuses feraient frissonner le diable en personne.

Durant toutes ces années, il a tangué entre le drame familial, les syncopes végétales et le glauque animal, collectionnant sadiques, narcissiques, névrosés, illuminés, vicelards patentés et hypocrites. Il a même sollicité voyants, marabouts, sourciers, kinésistes et autres charlatans du genre pour éclaircir des enquêtes brumeuses. En deux décennies, tous les détraqués de la capitale se sont alliés pour lui permettre de se sentir un peu plus utile dans sa foutue vie. Un vivier d'abrutis qui lui a certes donné du fil à retordre, mais a néanmoins forgé ses méninges.

L'inspecteur Brassot pensait être blasé, mais là, c'est du grand délire !

Il était à peine huit heures, ce matin, lorsque Dubellay, son stagiaire, excité comme une puce, lui avait balancé l'information. Était-ce la face stupidement victorieuse de celui-ci ? l'heure prématurée pour une telle annonce ? où le manque de caféine, puisqu'on ne lui avait pas laissé le temps de boire sa dose de café quotidienne ? Nul ne pourrait le dire, mais Brassot en était resté comme deux ronds de flan. « Ça va aller chef ? Vous avez les yeux grands ouverts comme des soucoupes, tout le service pourrait y poser sa tasse à café ! », avait demandé Dubellay avec un rire imbécile. L'inspecteur n'avait jamais été à cheval sur son apparence, soit, mais il ignorait être doté d'une telle capacité physique. Probablement un atout majeur pour intimider la racaille, avait-il songé avant de renvoyer paître sur-le-champ son crétin de stagiaire.

Arrivé au bout du couloir, l'inspecteur entrouvre une porte et passe sa tête dans l'interstice. Sept personnes trépignent. Il y a un adolescent, debout, adossé contre l'armoire en fer sur laquelle il tapote nerveusement ses doigts, ce qui ne manque pas d'agacer sa voisine laquelle, elle, martèle le carrelage avec son talon aiguille gauche. Un peu plus loin, un vieux grince des dents, une blondinette sexy croise et décroise les jambes qu'elle a nues sous sa jupe, pour calmer sans doute son impatience. Ça sent la tension à plein nez. Tous toisent l'inspecteur avec des yeux suppliants. Alors c'est ça la bande à Basile ! se dit Brassot en les saluant d'un geste imperceptible. Il referme la porte aussi sec. Qu'une chose à dire, c'est franchement du grand délire !

Après l'annonce de ce matin, branle-bas de combat dans tout le commissariat central. Il avait fallu changer tout le programme de la journée pour cette expérience inédite, convoquer au plus vite Basile Delarmois et tous ses proches les plus récents pour quatorze heures, puis donner à la salle d'interrogatoire des allures d'Amazonie. Le reste de la matinée avait été une longue méditation sur cette affaire de meurtre pour le moins mystérieuse. Relecture intensive du dossier et des pièces annexes. Un café, une clope. Réunion avec le staff. Questions, toujours les mêmes. Réponse, toujours aucune. Un café, une clope. Isolement dans son bureau. Relecture du dossier. Recafé, reclope. Il cherchait la petite chiure dans le potage. Celle qui lui aurait évité de faire ce qu'il s'apprêtait à faire dans quelques heures et qu'il n'avait pas envie de faire. Mais rien. Pas d'autres conclusions. Odette Delarmois, femme blanche de quarante ans, vétérinaire, poignardée dans son appartement du 6e arrondissement, avait été découverte vers dix-huit heures par son époux, Basile Delarmois, chirurgien, en rentrant de son travail. Pas d'arme du crime, pas d'empreinte, la porte d'entrée était verrouillée, les fenêtres fermées et aucune trace d'effraction. Autre détail, l'épagneul du couple gisait à ses côtés, flanc tranché par la même lame. Les voisins n'étaient pas là et personne n'avait rien entendu. De quoi combler Sherlock Holmes, Hercule Poirot et Miss Marple en même temps. Mais pour l'heure, c'est Brassot qui avait hérité de l'affaire, et pour l'instant, elle n'avançait pas d'un iota. À l'évidence, seule une personne très proche avait pu commettre le meurtre. Quelqu'un qui possédait les clés de l'appartement. Quelqu'un dont la présence n'aurait pas paru suspecte. Voilà ce qu'il avait avancé au mari sans imaginer que celui-ci se lancerait illico dans des investigations artisanales.

Dans la salle d'interrogatoire, il trouve Basile Delarmois affalé sous un palmier à côté de son stagiaire. L'homme est plutôt séduisant, cheveux bruns, tempes grisonnantes, traits réguliers et grands yeux émeraude. Avec son costume Kenzo et ses lunettes Cartier, il transpire la bourgeoisie du sixième arrondissement. Quelques salutations puis Brassot balaye la salle du regard. Son stagiaire n'a pas lésiné sur les moyens. C'est le moins qu'on puisse dire. Lumière tamisée, palmiers, ficus, petits arbustes citronnier ont transformé la salle d'interrogatoire en un Jardiland miniature. Brassot focalise sur le perchoir de fortune qui pend au fond de la pièce, un trapèze de la salle de sport, accroché au plafond - ça va pas plaire à tout le monde cette histoire ! - et sur lequel le témoin se balance.

— Voici Jaco, précise Delarmois.

— Pour tout vous dire, j'imaginais un oiseau un peu plus flashy ! Remarquez, la seule fois que j'ai eu affaire à un perroquet remonte à plus de vingt-cinq ans…

À l'évocation de ce souvenir, Brassot sourit. Une mère, excédée par les pleurs incessants de sa fille de deux ans, alors qu'elles voyageaient en voiture, s'était arrêtée dans un supermarché pour acheter un doudou, qui, dans ses espoirs les plus fous, calmerait l'enfant. Un perroquet en peluche l'avait séduite, d'autant que ce dernier pouvait parler. Elle avait roulé sur plusieurs kilomètres, radio allumée, heureuse de voir sa fille rire lorsque le perroquet parlait.

Mais lorsqu'elle avait pris conscience des propos obscènes que tenait l'oiseau : « Je vais te couper la tête et te baiser le cou ! », « Qu'est-ce que tu mates dans mon trou, gros cochon ? », elle avait fait demi-tour aussi sec. Esclandre dans le magasin auprès d'un directeur navré que ce sex-toy ait été placé dans le rayon des jouets. Brassot s'était occupé de la plainte. Sa carrière commençait !

— Ça dépend de la race, explique le veuf, le gris du Gabon n'est pas très coloré mais c'est le meilleur parleur.

Des yeux jaune orangé, un bec recourbé et un plumage écaillé gris cendré donnent au volatile une allure de prédateur. Lorsque Brassot s'en approche, le perroquet se met à siffler en déployant une queue rouge vif puis se déplace en crabe sur la barre en bois.

— Bon écoutez, voici comment nous allons procéder, poursuivit Brassot d'une voix plus assurée, je vais faire venir une des sept personnes et la faire asseoir près de votre Jaco. Elle déclinera ensuite son identité à haute voix et… nous verrons ce qui se passe.

— Très bien, Inspecteur, acquiesçe l'homme en souriant. Je vous sens assez sceptique.

— C'est du grand délire, oui !

— Je comprends, mais vous savez, Jaco est doté d'une excellente mémoire et lorsque vous m'avez confié que seul une personne proche de…

— … Je sais tout cela Monsieur Delarmois. Aussi, ne perdons pas plus de temps. Je vous propose de commencer, si bien sûr, Jaco est prêt.

Dubellay fait entrer quelques secondes plus tard la sœur de la victime, la jolie blonde pulpeuse aux jambes impatientes. Lorsqu'elle s'approche du perchoir, l'oiseau ne bronche pas. À l'écoute de son nom qu'elle répète deux ou trois fois, il lui chante la sérénade en roucoulant. Brassot n'en revient pas. À croire que cet oiseau est humain. Puis c'est le tour d'un certain monsieur Carelli, leur voisin de palier. Cet immigré italien de soixante-cinq ans entretient de bonnes relations avec le couple Delarmois. Il possède un double des clés de l'appartement en cas de besoin. À son entrée, le perroquet bat des ailes et se met à piailler : « Rrrrra, Carelli… cacahuètes… Carelli….

Rrrrra… cacahuètes… » Le vieil homme se retourne et lança un regard interrogateur à son ami et voisin fraîchement veuf.

— Monsieur Carelli lui donne toujours des fruits secs. C'est une habitude que Jaco a prise depuis le début. Amandes, noix, pistaches ou peu importe, pour Jaco tout est cacahuètes, explique Delarmois.

— Je comprends mieux, en effet !

— Raaaa… cacahuètes… Carelli… Rrrra… cacahuètes…, jacasse inlassablement l'emplumé.

— Inspecteur, tant qu'il ne lui aura pas donné, Jaco ne s'arrêtera pas.

— Ok, donnez-lui ce qu'il attend et vous pouvez sortir, ordonne Brassot à l'italien.

Le passage de la belle-mère, du père et du meilleur ami ne donne pas grand-chose. Ils sont tous les trois ignorés par le volatile qui préfère siffler à tue-tête à l'autre bout du trapèze. Brassot commence à perdre patience. Il a l'impression désagréable d'assister à du cinéma pour malade mental. Il ordonne qu'on amène alors le neveu de la victime, l'adolescent de dix-sept ans, cheveux hirsutes et look déjanté, qui martelait l'armoire en fer dans la salle d'attente. À peine le garçon est-il entré que Jaco sort de ses gonds. Agitant fiévreusement ses ailes, comme pour s'envoler, il braille à en réveiller un mort :

— Rrrra… Adrien, tu l'as tuée ! Ta gueule ! Rrrra… Adrien tu l'as tuée ! Ta gueule !

Le jeune homme se liquéfie sur place. Brassot peut mesurer dans son regard un trouillomètre en chute libre.

— Qu'est-ce qu'il raconte là ? bafouille l'adolescent.

— À toi de nous le dire, tranche Delarmois.

— N'intervenez pas, dit Brassot.

— Rrra… Adrien, tu l'as tuée… Ta gueule… Rrrra, poursuit Jaco toujours aussi agité du gosier.

— Putain, c'est quoi ces conneries ?

— Reste poli, tu veux, insiste le veuf.

— Je vous ai dit de ne pas intervenir.

— Tu l'as tuée… Ta gueule…

— Dis-nous ton nom gamin ?

— Adrien… Mais c'est quoi ce bordel ?

— Cause doux mon garçon…

— Rrrra… Adrien, tu l'as tuée… Ta gueule…

— La ferme, à la fin !

— Quoi ? Mais j'ai rien dit là.

— Pas toi, l'emplumé.

— Tu l'as tuée… Ta gueule !

— Mets-la en veilleuse…

— Merde… merde…

— Ta gueule…

— Stop ! hurle Brassot, Delarmois, virez-moi ce brailleur de la salle ! Toi, le gamin, tu restes là et tu t'assieds sans un mot.

À peine l'adolescent a-t-il posé son postérieur sur la chaise, qu'il vomit un sanglot. L'inspecteur prend place en face de lui et le toise. Regard accusateur. Silence pesant.

— Adrien, tu l'as tuée, murmure froidement Brassot. Adrien, c'est toi, non ?

Le jeune homme opine timidement du chef, sans dire un mot. Comprenant qu'il n'obtiendra aucune explication spontanée de l'accusé pubère, Brassot réitère sa question, précisant qu'il a tout intérêt à coopérer et vite, sans quoi il passera le plus sale quart d'heure de sa courte vie. Adrien se réfugie derrière ses mains et lance d'une traite :

— Je n'ai pas voulu ça… non vraiment pas. Je ne pensais pas que ça tournerait comme ça. Je voulais juste…, que…, je voulais seulement un peu de…

— De quoi ? réplique sèchement l'inspecteur

— Un peu de fric, des bijoux, des objets de valeur qu'on aurait pu revendre. Ils sont pleins aux as, alors un peu moins ou peu plus, pour eux, c'est pas grand-chose.

— Et le « ta gueule », ça sort d'où ?

— Éric n'arrêtait pas de hurler, alors…

— Tiens donc, Éric ?

— C'est mon pote.

À 16 h 50, Brassot sort de la salle d'interrogatoire avec un sourire narquois en repensant à la déposition de l'adolescent. Les deux garçons avaient voulu cambrioler l'appartement de son oncle. Adrien avait donc dérobé les doubles de clés que possédait sa mère puis s'était introduit en fin d'après-midi dans le foyer Delarmois, les sachant l'un et l'autre à leur travail respectif. Mauvais calcul. La tante était en RTT, en pleine sieste avec son chien. C'est à ce moment que tout vrilla pour les deux jeunes garçons, lorsqu'un vase bascula. Le bruit du choc réveilla madame Delarmois et l'épagneul qui accoururent aussitôt dans le salon. Adrien s'affola. Adrien affolé dégaina son couteau. Adrien armé s'élança sur sa tante encore ensuquée de sommeil. Adrien élancé planta la lame dans la poitrine de la femme. La lame toucha le cœur. Le cœur s'arrêta de battre. Le chien aboya et se jeta sur Adrien. Le chien lui mordit une main. Adrien, craignant que les aboiements n'alertent les voisins, paniqua. Adrien paniqué, de sa main libre, égorgea l'animal. L'animal égorgé rejoignit sa maitresse pour une sieste prolongée. Éric, terrifié, hurla « Adrien, tu l'as tuée ! », ponctué par le « ta gueule » d'Adrien. Bref, dans toute cette panique ambiante, ni l'un ni l'autre n'avait prêté attention à Jaco. Erreur de débutants… Et ils étaient repartis en prenant soin de fermer la porte à clé. Erreur d'imbéciles… « Et le viol ? Avant ou après l'avoir poignardée ? », avait ajouté Brassot pour déstabiliser l'adolescent un peu plus. Le garçon avait hurlé tout à trac qu'il n'avait jamais violé personne. Comment aurait-il pu faire ça d'ailleurs, c'était sa tante quand même, on ne viole pas sa tante, c'est inhumain !

Brassot longe le couloir du central, petits pas chassés, frétillant des bras, échappant des « rrra, c'est moi Jaco la balance… rrra, cacahuètes… ! » dans sa barbe et sous l'œil inquiet de son stagiaire.
— Ça va, chef ?
— Rrrra…. Dubellay, idiot !… Rrrra Dubellay du balai !
□

POUR QUE LA BALLE REBONDISSE

En hommage à Achille Zavatta

C'est un matin froid de novembre.

Dans le ciel, des lueurs argentées, timides et vaporeuses.

Quelques gouttes de pluie sont tombées et le sol s'abrite sous un amas de feuilles sans vie.

Le silence.

Tout juste le croassement familier des corbeaux.

Les rumeurs du vent dans les arbres dénudés.

Tous semblent dormir encore et chacun a fermé la porte de son sépulcre.

Nous sommes mardi 23 novembre 1993.

Le soleil est en deuil car une étoile s'est éteinte.

Puis, au loin, un son cuivré retentit.

Trompettes, trombones, tubas se mêlent au roulement des tambours.

L'écho se faufile dans le cimetière du Père Lachaise.

Il contourne les tombeaux, caresse les statuaires, s'élève au-dessus des croix.

Sur son passage, il éveille le repos et suscite l'indiscrétion.

Un nouvel arrivant…

On quitte sa couche, on se regarde sans un mot, on tend le cou sans pudeur.

Un cortège chamarré s'écoule lentement de la grande allée jusqu'au crématorium.

Les plus curieux le suivent.

Qui amène-t-on avec tant de tintamarre ?

« Tu es né poussière, tu retourneras poussière. »

Il devient cendre.

Ici, sous le regard peiné de sa fratrie.

Derrière leur masque de sourire, tous essuient une larme.

« Je ne veux pas que ce jour soit triste » leur avait-il pourtant dit.

Alors ils ont dansé, joué, chanté pour le célébrer.

Mais leur ivresse s'est consumée.

Peut-être a-t-il forcé leur allégresse ?

Culpabilité.

Seulement, il ne pouvait plus.

Il avait faim de repos.

Le dénuement, la maladie, la souffrance l'avaient contraint à vivre ce qu'il n'avait pas choisi.

À devenir ce qu'il n'était pas.

Avant-hier, il a appuyé sur la détente et le coup est parti, sans retenue.

La détresse a fleuri sa tempe d'une rose rouge éternelle.

Un à un, il les regarde partir.

Ils s'en retournent tous à leur vie.

Seul les résidents restent là, agglutinés.

Ils guettent.

Qui a emménagé dans la case 1918 du columbarium ?

Un seul d'entre eux s'approche.

Il le reconnaît.

Pierre.

Et il se souvient.

1981, à la radio, le « tribunal des flagrants délires »…

L'accusation facétieuse de détournement de mineur.

Pierre, l'homme à l'humour grinçant.

Cependant, il veut rester seul.

Face à ce nouveau monde, il est démuni.

Peut-être plus tard, peut-être jamais.

Le temps passe…

Les feuilles roussies d'automne ont fui les premiers givres.

La neige camoufle les tombes avant de fondre sous les premiers rayons printaniers.

Les arbres bourgeonnent puis se revêtent de leur robe de verdure.

Le ciel s'azure, tombent les premières chaleurs, frappent les premiers orages.

Pourtant l'ennui subsiste.

Jusqu'ici, il n'a osé que quelques pas vers l'extérieur.

Pierre est venu plusieurs fois lui parler.

Il faut sortir de ton trou l'ami, profiter de chaque instant.

Malgré la mort, la vie continue, the show must go on !

Épicurisme d'outre-tombe.

Mais lui a vu, il sait.

Callas ne chante plus.

Chopin ne joue plus.

Ni La Fontaine, ni Apollinaire ne font rimer des vers que Sarah Bernhardt pourrait déclamer.

Elle-même se tait.

Signoret, Clairon, Brasseur, Girardot ont quitté la scène.

Le Molière imaginaire s'est tari de ses alexandrins.

Musset ne badine plus.

Pissarro, Ingres, Delacroix, David, Géricault, tous ont abaissé leur pinceau.

La plume de Balzac, celle de Daudet et de Proust s'est asséchée.

La môme ne piaffe plus, Colette ne charme plus.

Aussi Monsieur Desproges, à quoi bon sortir de son trou ?

Une suite a-t-elle du sens si on ne peut pas y faire ce que l'on sait faire ?

Toute sa vie, il a jonglé entre deux identités.

Un homme dans les coulisses, un autre sur la scène.

En tirant cet ultime rideau, aurait-il dû en prévoir une troisième ?

Qui serait-il alors ?

Non, au revoir Monsieur Desproges et merci bien.

Le voilà condamné à l'immobilité.

Le nomade du savoir-faire.

Lui qui a toujours sillonné les provinces du monde.

Bourgeonnant toutes les prairies de son champignon du bonheur.

Jamais au même endroit, toujours ailleurs.

Ici, où est l'ailleurs ?

Celui qui promet des moments de grâce ?

Répondez Monsieur l'anticonformiste.

Que doit-il attendre d'une éternité d'oisiveté ?

C'est un enfant de la balle, lui.

Non, il ne sait pas faire.

Ne veut pas faire.

En face, Pierre n'esquive pas.

Il rit même aux éclats.

Alors, Achille, que fait-on ?

Parce qu'il faut faire, Achille !

L'éternité s'érige, l'après s'invente.

Retrouve ta balle, fais-la rouler, encore.

Avec le pied, avec la main, avec le cœur.

Pierre repart.

Il reviendra, c'est certain.

L'enfant de la balle dont le sillon s'est dessiné sous la cravache d'un père intransigeant.

Gifles en pagaille.

Savoir tout faire, et bien.

Tour à tour il est devenu acrobate.

Écuyer.

Trapéziste.

Dompteur.

Jongleur.

Musicien.

Tour de scène jusqu'à ses vingt ans.

Puis le tour du sort, il faut remplacer l'absent qui ne viendra plus.

On le glisse dans un falzar trop grand, qu'il fasse le reste…

De gouache blanche, il fait le tour de ses lèvres et dessine le contour de ses yeux.

Un nouveau tour de piste s'annonce.

Illusionniste du rire, artisan de la farce.

Achille devient clown malgré lui.

Truffe rouge, cheveux vert-de-gris, chapeau marron, sourire en accolades.

Pistolet à fleur de crépon et fleurs arrosantes.

Il se farde d'artifices.

L'Auguste est né.

Vedette du cirque d'hiver, étoile du cirque Medrano, l'inoubliable de Gruss et de Pinder…

Achille roule sa bosse.

Zavatta fait rouler sa balle.

Voilà ce qu'il sait faire.

Qu'on le laisse maintenant dans sa tombe, avec ses souvenirs.

Bonne éternité à tous !

Un autre matin.

Un parfum musqué d'après l'orage.

Qui s'inscrit, dans sa mémoire, comme le signe d'une survie possible.

Lorsque les batailles se terminent.

Que les colères s'échappent et qu'un autre chemin s'amorce.

Une douce lumière déguise les statues funéraires d'or et d'argent.

La clarté embrase sans discontinuer les frênes et les platanes qui bordent les allées.

Achille recouvre la vue.

C'est grâce à l'enfant.

Celui qui, la veille, s'est planté devant son écrin funéraire.

L'enfant a d'abord fixé Achille, longuement, sans parler.

Puis s'est tordu de rire.

Il a sautillé d'un pied sur l'autre, frappé dans ses mains, tourné sur lui-même.

Ce rire, il peut encore l'entendre.

Comme des éclats de sincérité.

Un coup de fouet.

Ô combien les rires lui ont manqué !

S'il avait su plus tôt pour les enfants.

Mais comment imaginer qu'un enfant puisse être ici ?

Ce n'est pas dans l'ordre naturel des choses.

C'est si triste de les y voir mais si bon de les retrouver.

Lui, père de cinq enfants dans la vie et de millions d'autres sous le chapiteau.

Avec eux, il s'était bâti un temple d'hilarité.

D'eux, il s'était nourri d'esclaffements.

Voilà, l'essence de sa vie.

Voilà, sa balle.

Celle qu'il doit faire rebondir à nouveau.

Alors il sort pour de bon, s'aventure un peu plus loin.

Il doit retrouver cet enfant pour l'entendre rire à nouveau.

Bien le bonjour Monsieur Desproges !

Oui, me voilà enfin.

Peut-être pourriez-vous m'aider, je cherche l'enfant joyeux.

Merci à vous et content de vous avoir revu !

Il déambule à droite, à gauche.

Il bat le pavé, se frotte à la pierre.

Ses membres se désengourdissent.

Voltige périlleuse par-dessus les tombeaux qui s'érigent devant lui.

Quoi de neuf Monsieur Proust, je suis à la recherche de l'enfant perdu.

L'auriez-vous aperçu par hasard ?

Vous dites ? Du côté de chez Swann ?

Je ne vous savais pas aussi pitre, Marcel !

Achille glisse, funambule, sur la corde imaginaire.

Il dévale, le cœur battant à ses oreilles.

On me tourne le dos Rossini ?

Toujours le mot pour rire, n'est-ce pas ?

Un salto pour franchir la prochaine sépulture.

Monsieur Apollinaire, « allons plus vite, nom de Dieu, allons plus vite ».

Soudain, il l'entend.

Puis le distingue à travers les feuillages, déjà mort de rire.

« Bonjour le petit n'enfant ! »

Les mots se sont échappés naturellement.

Une vieille habitude.

L'enfant se bidonne.

Dis donc toi, tu n'aurais pas quelques amis ici qui voudraient se gausser de ma bobine ?

Achille renoue avec la cabriole.

Tous les enfants du cimetière se rassemblent.

Ils regardent la balle rebondir.

Les facéties de l'Auguste suscitent leur rire.

Au petit matin, il arrose quelques tombes à coup de pistolet à fleurs.

Il surprend.

Folâtre.

Asticote.

Émerveille.

Le jardin des allongés s'anime.

Par-delà les allées, le chahut aiguise la curiosité.

On s'approche, on observe, on ricane.

L'enivrement se redécouvre, la mort exulte.

Bientôt une danseuse de la cinquième division rejoint le numéro.

Un équilibriste s'aventure.

Une gymnaste se contorsionne.

Une autre caracole.

On apprend à jongler.

On improvise.

Les musiciens réveillent leur souffle.

Les comédiens chauffent leur voix.

Les écrivains affûtent leur inspiration.

C'est la foire aux éclats de rire.

Le Père Lachaise fait son cirque.

Achille a tissé l'après comme une toile d'euphorie.

Mais encore le ciel se teinte de gris.

Il vente.

Par-delà le rideau de pluie, on s'agglutine.

On épie.

Qui est le nouveau ?

Celui qui arrive en grande pompe ?

Achille a reconnu la frêle silhouette et ce visage blanc.

Cette statuaire mobile aux gestes gracieux.

Il va à sa rencontre.

En lui empruntant sa légendaire « marche contre le vent ».

Comme pour mieux l'accueillir.

Pour lui dire qu'il l'attendait.

Que c'était prévu…

Pour son après…

Ne pas perdre de temps…
Mais en face les yeux restent silencieux.
De son doigt agile, l'Auguste dessine un rond devant lui.
Il en mime les contours imaginaires.
Il l'entoure de ses mains et le lui lance.
« Bienvenue parmi nous Monsieur Marceau.
Pour qu'à ton tour, la balle rebondisse ! »

☐

L'ENFER DE FIRMIN

Derrière la porte, il y a une porte.

Puis on trouve encore une porte. Une autre. Encore, et toujours. La vie est une enfilade de portes à perte de vue, alignées, de taille égale et de même couleur. C'est sécurisant.

Celui qui ouvre une des portes prendra soin de refermer la précédente pour éviter les courants d'air, car les courants d'air sont toujours dangereux. C'est comme ça, on ne peut rien y faire.

L'homme poivre et sel à petites lunettes interrompt sa lecture. Il soupire tout en se frottant le menton, puis lève les yeux vers son interlocuteur, esquisse un sourire embarrassé. Il replonge finalement dans le manuscrit qu'il tient du bout des doigts.

Notre chemin est rythmé par le bruit des portes qui s'ouvrent et se referment devant et derrière nous. Et parce qu'il nous est vital d'ouvrir la porte suivante, certains n'hésitent pas à les manipuler avec célérité. On appelle ça de l'ambition. Ou de l'empressement. D'autres, au contraire, préfèrent attendre avant de passer à la suivante. Découvrir ce qu'il y a derrière une porte fermée les effraie. Ou peut-être sont-ils simplement bien où ils sont. Seulement l'appel de la porte se fera un jour ou l'autre, qu'on le veuille ou non. Par force si nécessaire.

— C'est donc la théorie que vous voudriez exposer au monde ?

— Ce n'est pas une théorie, Monsieur, mais une métaphore, rectifie l'auteur.

— Une métaphore ?… Oui… Bien sûr… Une métaphore…

L'homme ventripotent à bouclettes dodeline du chef, l'air pensif, puis retourne à son labeur.

Il réside en chacun de nous une question obsédante qui ronge nos sangs lorsqu'une porte est fermée : qu'y-a-t-il derrière ? Curiosité ou prévoyance ?

— Combien de pages avez-vous comme celles-ci ?

— Environ trois cent.

— Trois cent, ce n'est pas rien ! poursuit l'homme en libérant une main pour se gratter le ventre.

Il reprend une grande inspiration en même temps que sa lecture.

De temps en temps, une porte s'ouvre sur plusieurs autres. C'est le carrefour des portes. Un choix se présente et le doute s'installe. Que faire ? Où aller ? Quelle porte ouvrir ? Si je prends celle de droite, sera-t-elle la bonne ? Ou bien tout droit. C'est ça, tout droit, allons tout droit... Et celle de gauche finalement ? Oui, pourquoi ne pas tourner ? Nous donnerions n'importe quoi pour voir ce qu'il y a derrière ces portes sans même les ouvrir. Seulement, c'est impossible. La vie est ainsi faite. On reporte et aucune porte ne s'ouvre. Nous attendons bêtement, et cette attente nous insupporte. C'est le trouble dans nos têtes. La décision se prend alors dans l'urgence et sans réelle conviction. Cependant nous avons tous le même objectif : ouvrir l'ultime porte. Oui, c'est écrit, inscrit, gravé, il y a bien une dernière porte, quelque part derrière celle que nous sommes en train d'ouvrir, ou un peu plus loin, derrière celle qui se situera après, ou...

— Je pense avoir saisi la substantifique moelle de votre essai.

— Alors, vous le prenez ? demande l'auteur avec enthousiasme.

— Je prends quoi ?

— Mon manuscrit.

— Écoutez, je pense qu'il y a quelques retouches à prévoir ! Sans doute serait-il préférable de le laisser mûrir un peu ?

— Il est à point tel qu'il est !

— Peut-être qu'une deuxième relecture de votre part serait bénéfique !

— Je l'ai déjà lu, relu, puis rerelu, et...

— D'accord ! Mais un second tome pourrait rendre le premier encore plus... singulier !

— Sans doute.

— Donc...

— Donc prenez déjà le premier ! On verra pour le deuxième ensuite.

— Non !

— Non ?

— Non !

— Vous ne le trouvez pas si bon que ça vous non plus ?

— Pourquoi moi non plus ?

— Parce que les autres aussi !

— Les autres qui ?

— Ceux d'avant vous.

— Il y en a eu d'autres avant ?

— Oui et ils ne le trouvent pas très bon, voyez-vous !

— Je ne vois pas très bien, non... mais ça me rassure ! tranche l'homme agacé.

— Alors vous aussi ?

— Alors, moi non plus. Mais sachez une chose, c'est vraiment mauvais. Excusez le jeu de mots, mais vous enfoncez des portes ouvertes. C'est dénué de toute logique, vide de bon sens, abondant d'idioties !

— Il y a tout ça dans mon texte ?

— Et plus encore !.... Puis c'est mal écrit. Ça détruit les yeux, ça fait mal au crâne, ça donne la nausée ! Non, écoutez Monsieur Marvechoul, reprenez gentiment votre manuscrit et déguerpissez !

— Il faut que je le remporte ?

— Absolument ! Que voulez-vous que j'en fasse ? C'est tout juste bon à caler une table ce machin-là.

C'est ainsi que, ce 12 avril, vers 10 h 45, Firmin Marvechoul et son manuscrit intitulé «Les portes, paradigme sociologique : une métaphore symbolique de la vie» furent congédiés pour la énième fois, avec plus ou moins de tact. Ce fut sans doute, pour Firmin, la goutte d'eau qui fit déborder une cocotte-minute sous pression atmosphérique dont la seule soupape de sécurité était la certitude du bien-fondé de sa théorie et l'intérêt qu'elle comportait pour une bonne appréhension de ce monde en décrépitude. Car Firmin était un humaniste soucieux du bien être de ces congénères et de ceux qui les succéderaient. Qualité qui passait toutefois inaperçue aux yeux de ces derniers. Mais en cette matinée d'un printemps bien fleuri, la soupape siffla aigu et cracha par petits jets de vapeur des particules d'aigreur. Passé en quelques mois d'une quête sans relâche à une quête sans espoir, il comprit enfin que les vicissitudes de son esprit tortueux n'emballaient - et n'emballeraient peut-être jamais - les pontes d'une société bien pensante.

Tous les éditeurs lui avaient claqué la porte au nez. Les départements de recherche en philosophie et psychologie de l'université l'avaient congédié avec politesse, tandis que les Témoins de Jéhovah et autres groupuscules mystico-religieux l'avaient fougueusement refoulé de leur cercle en le menaçant de lapidation pour irréligion. Réactions surprenantes pour des prédicateurs de porte-à-porte ! Quant à ses supposés amis, ils avaient avalé une bonne dose d'ibuprofène avant d'envoyer valser les feuillets criminels dans le container vert prévu pour les déchets organiques, n'osant même pas s'en servir de brouillon. Le pauvre Firmin n'avait plus qu'à rentrer chez lui, bredouille et bredouillant sa colère, queue entre les jambes, manuscrit dans la besace, avec deux petits yeux bleus pour pleurer des larmes de crocodile incompris et deux épaisses lèvres violacées qui ne s'étireraient sans doute jamais plus.

Dire que Firmin Marvechoul n'apprécie guère les portes serait un euphémisme, une erreur que d'aucuns pourraient commettre naïvement, car nulle tête bien pesée ne soupçonnerait que le commun des mortels puisse souffrir de portophobie. Terme, d'ailleurs, que les petits Larousse et Robert n'ont jamais inscrit dans leur bible pour illettrés. Pourtant, c'est le cas, Firmin Marvechoul est portophobe. Sa peur incontrôlable dudit objet remonte à quelques années en arrière, alors que Firmin n'appréhendait pas encore dans toute sa dimension le monde qui l'entourait. Avec un père scénariste de films à suspense, une mère tenancière d'un commerce appelé « la Muse de la Ruse » (sous-titré : Ici, blagues de fiançailles, farce pour les dindes, tartufferies maisons et attrape-nigauds en tous genres), et un grand frère tyrannique, amateur des canulars de mauvais goût, le jeune Firmin écoula douloureusement son enfance sous le signe de l'angoisse. Imprégné à jamais par les images des chefs-d'œuvre paternels, tels que Le menuisier zombi, L'entrée condamnée, ou encore la trilogie : Les revenants du seuil de ma maison, Sacrifié sur le pas de ma porte et Ils reviennent par la porte arrière (pour n'en citer que quelques-uns), le jeune garçon collectionna nuits blanches et cauchemars noirs que son frère aîné rehaussait par des rires diaboliques enregistrés et logés entre deux culottes de son armoire, des coups de balais sur la porte de sa chambre lorsqu'un orage sévissait, des entrées fracassantes dans des déguisements de fantômes et bien d'autres gadgets terrifiants qu'il emmagasinait après chaque inventaire de la boutique maternelle. Firmin développa rapidement un dégoût prononcé pour ce grand rectangle qui s'ouvrait tout le temps sur tout ce qu'il imaginait dans le noir, qu'il ne voulait pas croire et s'attendait à voir sans pour autant le vouloir. Porte-fenêtre, porte cochère, porte vitrée, porte blindée, à double battant, à battant unique, porte de secours, de sécurité, mécanique, manuelle... les portes sous toutes ses formes importunaient Firmin. Il développa crises d'angoisse violentes, urticaire géante, tétanie titanesque et nausées nauséabondes...

À la maison, ses parents se virent contraints de retirer une à une toutes les portes pour éviter les crises grandissantes de leur fils. Chambres, salon, cuisine, salle de bain, aucune porte n'échappa à la nouvelle règle... même les cabinets d'aisance. Chez les Marvechoul l'intimité se terminait là où devrait commencer celle des autres. Fort d'ingéniosité, le paternel imagina un système de verrou sur la grande fenêtre de la cuisine qui devait désormais devenir l'entrée principale pour toute la famille. Car la porte d'entrée fut aussi condamnée. Quel drôle de personnage ce Firmin, dont l'obsession ne décroissait pas !

C'est le Docteur Malégot, fameux psychiatre-thérapeute cognitivo-comportementaliste spécialiste en sophrologie et magnétisme, reconnu pour suivre les cas les plus inquiétants et désespérés de la région, exerçant à des prix défiant toutes concurrences : la presque gratuité proportionnelle au degré de la pathologie diagnostiquée qu'il ne diagnostiquait du reste jamais, qui fit basculer la vie de Firmin. Ce grand médecin dont les pratiques innovantes et avant-gardistes avaient fait douloureusement leurs preuves : un suicide sur trois, un internement définitif et un... (on ne sait d'ailleurs pas vraiment quoi), invita son nouveau patient à prendre son courage à deux mains, garder la tête sur les épaules et les deux pieds sur terre pour se lancer dans la rédaction d'un essai qui porterait sur les potentielles cooccurrences dans sa vie. Ni une, ni deux, notre jeune patient s'empressa de délier l'encre sur l'écran de son ordinateur, voyant là une occasion parfaite d'allier la guérison de son mal au succès de son bien. Des billets de cinq cents euros dansaient déjà la farandole autour de lui lorsqu'il fermait les yeux. C'était grisant, il allait enfin pouvoir gagner honnêtement sa vie en la livrant, dactylographiée et reliée, à la postérité et surtout quitter son emploi de vendeur de porte-à-porte, qu'il n'avait jamais occupé pour cause d'arrêt maladie de longue durée ; cela va sans dire.

Mais le génie fait peur au commun des mortels et le manuscrit qu'il en tira encore plus au commun des lecteurs. Le pauvre Firmin décida de rester cloîtré dans sa maison sans porte pour entamer l'écriture du deuxième tome, nourrissant son ulcère gastrique à grandes louches de stress lorsque certaines situations élémentaires, comme acheter du papier pour l'imprimante ou de l'encre pour la même imprimante ou une nouvelle imprimante lorsque la susdite trépassa après un bourrage irréversible de mots en pagaille, l'obligeaient à quitter le bercail.

Mais ce qui devait arriver advint. Au terme de longues journées passées devant son futur chef-d'œuvre, obnubilé par son travail, sans manger, sans boire, sans dormir, Firmin s'éroda. Il laissa petit à petit son cœur s'essouffler, son corps se refroidir, sa bouche s'assécher, ses oreilles s'assourdir, ses mains mollir, ses organes vitaux se dévitaliser et ses yeux se perdre dans l'obscurité. Il eut juste le temps, lorsqu'il les ferma pour la dernière fois, de voir une ribambelle d'anges danser la farandole autour de lui, signe indéniable qu'il approchait de l'ultime porte si redoutée. Firmin Marvechoul mourut, doigts et visage sur son clavier, sans même terminer ce qui l'acheva.

Firmin se sent léger. La file d'attente est longue dans ce tunnel blanc. Un panneau clignotant « bureau des admissions, ouvert 24 heures sur 24 et 7 jours sur 7 » indique la seule direction qu'il est possible de prendre. Des milliers d'êtres humains, plus tout à fait humains, se serrent les uns contre les autres dans l'espoir d'y arriver au plus vite. On trépigne, on gruge, on peste, on bouscule, on se marche sur les pieds, on ne s'excuse pas. Firmin constate avec désarroi qu'ici ou en bas, l'homme est toujours aussi fourbe. Mais ça n'entache pas sa bonne humeur.

Arrive enfin son tour. Firmin se plante devant l'administrateur d'entre deux mondes. Ce dernier, vêtu d'une longue toge plissée, lévite dans le vide, jambes croisées et chaussé de Nike dernier cri. Visage buriné, fermé, regard noir, il semble aimable comme une porte de prison. Coupe en brosse, une longue barbe blanche et bouclée cache un ventre replet. De sa ceinture pend une multitude de clés plus ou moins rouillées. Certainement celles du paradis comme dans les tableaux de grands maîtres. Sans même lui adresser le moindre regard, l'homme marmonne avec une voix d'outre-tombe : « Carte de défunt, s'il-vous-plaît ! » Firmin lui tend alors le papier numéroté qui a atterri dans ses mains il ne sait comment. Le grabataire attrape l'Ipad qui gravite autour de lui. Firmin est abasourdi par tant de modernité.

— Oui, je sais, la pomme, soupire l'homme en hissant l'appareil Apple au-dessus de sa tête, la pomme, le péché originel, le fruit défendu, et tatati et tatata. Mais c'est aussi le fruit de la connaissance, non ?… Et puis finalement, si la pomme a conduit Adam à l'expulsion de l'Eden, elle va peut-être vous y faire rentrer. Ironique, non ?

L'ancêtre glousse dans sa barbe tout en glissant son doigt sur l'écran rétina.

— Firmin Marvechoul !… Intéressant… Hum !… Très bien… Ah oui ?… D'accord… Oh, quand même !… Eh bien, je mets tout ça sur le cloud. Il ne me reste plus qu'à rentrer votre login, vous créer un mot de passe et nous aurons tout de suite la réponse. Êtes-vous prêt ?

— Oui.

— De toute manière, s'il y a litige, nous pourrons toujours revoir le défilé de votre vie en replay. Alors c'est parti !

Il tapote à nouveau sur la tablette puis s'exclame :

— C'est votre jour de chance, Monsieur Marvechoul, pour vous ce sera le paradis. Vous pouvez prendre la file de droite dès à présent et avancer jusqu' à la porte de gauche.

— La porte de gauche ? s'étonne Firmin pas très rassuré.

— Tenez, voici votre carte obituaire. C'est comme votre carte vitale mais pas tout à fait pareille. Conservez-là bien car toutes les données de votre vie sont stockées dedans. Cette carte à puce ouvrira aussi la porte d'entrée.

Saint-Pierre lui tend un petit rectangle en plastique fluo que Firmin refuse.

— Vous ne le prenez pas ?

— Non.

— Et pour quelles raisons ?

— Je ne peux pas le dire.

— Comment ça vous ne pouvez pas le dire ?

— Je ne peux pas le dire, c'est tout.

— Donc vous ne voulez pas rejoindre la porte du paradis et vous ne voulez pas me dire pourquoi ?

— C'est ça !

— Et que fait-on ?

— À vous de me le dire.

— À moi de vous le dire ?

— Oui.

— Attention, ne m'échauffez pas trop les sangs sinon ce sera la porte de gauche... celle de l'enfer ! Illico presto... vzzzzzip, direct chez mon concurrent aux cornes et à la queue fourchue !

— Mais, Saint-Pierre...

— Monsieur Saint-Pierre ! s'indigne l'ancien.

— D'accord. Mais droite ou gauche c'est du pareil au même, je n'irai pas, voilà tout !

— Mais enfin où irez-vous ?

— Je ne sais pas, quelque part où il n'y a pas de porte.

— Il y a toujours une porte.

— Je ne veux plus rencontrer de porte de ma vie

— Ici c'est la mort Monsieur Marvechoul, alors soit vous optez rapidos pour l'une d'entre elles, soit vous serez condamné à errer dans le monde des vivants pour l'éternité !

— Alors très bien !

— Saint-Pierrelipopette, c'est la première fois que j'entends ça ! Vous n'avez rien contre passer le reste de l'éternité à errer en statut de fantôme ?

— Non, tant qu'il n'y a plus de porte.

— Bon, de toute manière vous ne pouvez pas, vous n'avez pas le profil requis pour ça ! Donc va falloir serrer les fesses et filer droit à gauche.

— Vous êtes dur de la feuille le vieux ? Je n'irai pas ! s'emporte Firmin.

— Monsieur Marvechoul, si vous avez quelques craintes à franchir une porte, les limites de ma patience, ça ne vous dérange pas ! s'agace Saint-Pierre.

— Oui, mais des limites, c'est pas pareil, il n'y a pas forcément de porte. Vous comprenez ?

— Oula l'ami ! Ce que je comprends, c'est que ça fait plus de mille ans que je bosse ici, sans une seule journée de repos ! Je n'ai ni de RTT ni vacances, moi ! Et il y en a plein des comme vous qui attendent derrière. Alors épargnez-moi votre petite comédie car j'ai les nerfs dans les starting-blocks !

— Je vous en prie, n'y a-t-il pas un moyen d'éviter les portes ?

Saint-Pierre range son Ipad en pestant, croise les bras et soupire exagérément.

— Si, le P.A.I !

— Qu'est-ce que c'est ?

— Processus d'Accélération d'Insertion.

— Parfait !

— Seulement je vous préviens, la seule destination possible pour un P.A.I, c'est l'enfer premier grade !

— L'enfer premier grade ?

— Oui et sachez que ce n'est pas joli, joli… Maintenant vous n'aurez aucune porte à franchir pour y parvenir, conclu Saint-Pierre avec un large sourire de condescendance.

— Parfait pour moi, je veux ce truc.

Saint Pierre sort son Iphone et commence à composer un numéro.

— Oui, eh bien on s'est fait avoir aussi ! On est obligé de tout acheter chez la pomme, problème de compatibilité !

— Vous appelez qui au juste ?

— Je dois en faire la demande à Notre Père à tous, le grand patron, il est le seul à pouvoir autoriser une telle demande. Normalement, c'est pour les pécheurs de catégorie Y, comme les grands criminels de l'histoire, style Bonnie and Clyde, Jack l'éventreur, Barbie, Laden, Hussein… Enfin, vous voyez !

— Oui, comme Hitler.

— Non, Hitler c'est catégorie Z !

— Ah ! mais c'est tout de même un peu embêtant de…

— Si vous voulez changer d'avis, c'est le moment !

— Non, allez-y, appelez Notre Père à tous !

— Alors arrêtez de parler ! J'ai besoin de concentration, lance le canonisé de mauvaise foi.

Une conversation s'engage entre Saint-Pierre et le Saint-Père. Firmin capte mal ce qui se dit. Les ondes doivent être brouillées volontairement. Après avoir raccroché, Saint-Pierre confirme froidement que la demande est autorisée.

— Mais réfléchissez bien, car lorsqu'on bascule en mode P.A.I, c'est définitif, insiste-t-il.

— Basculez, basculez, c'est tout réfléchi.

— Très bien, fermez les yeux et comptez jusqu'à trois. Et surtout bon voyage, vous n'allez pas être déçu.

Firmin s'exécute.

Un, il voit déjà des petits diablotins qui dansent la farandole autour de lui.

Deux, il se sent de plus en plus léger, ses membres s'engourdissent.

Trois, il ouvre les mirettes et se retrouve seul dans un couloir.

Il fait sombre. Il avance à tâtons. Un mètre, deux mètres, et là… une porte. C'était pas prévu, ça ! Nom d'une pipe, le vieillard m'a dupé ! Tétanisé, il commence à se gratter les bras. Que doit-il faire ? L'ouvrir, assurément. Ses mains sautillent, puis ses bras, puis ses jambes… Ça tremblote dans tout son corps. Pas d'autres choix. C'est certainement une sorte de bizutage, comme dans les grandes écoles ou les petites entreprises. Il prend une grande inspiration, puis se jette dessus à reculons. Méthode Coué enclenchée : pas de danger, pas de danger, pas de danger… tout va bien, pas de danger, tout ira bien, tout va bien !… Voilà, c'est fait !

Mais c'est encore le noir. Il traîne les pieds jusqu'à… la porte suivante ?!

Peut-on jurer lorsqu'on est en enfer ? se demande Firmin qui a une furieuse envie de blasphémer. Sans doute… « Bonté divine !

Nom de Dieu ! C'est quoi cette entourloupe ? Le chien, il s'est bien foutu de ma tronche ! »

Contre son gré, il ouvre cette porte d'un grand coup de savate, espérant enfin trouver Lucifer, flammes, âmes déchues et tout le tintouin. Mais non, encore une porte. Son urticaire se répand sur le ventre. Puis une autre porte. Dans quelques instants, il ne sera plus qu'un furoncle géant.

Et une autre. Des nausées se logent dans sa gorge.

Toujours une porte. Et encore une. Il voit tout blanc dans le noir. Ses mâchoires se resserrent.

— C'est où l'enfer que je sois tranquille ? grince Firmin.

— C'est ici, répond la voix qui résonne derrière la porte.

Alors il fonce mais se retrouve devant une autre porte.

— Mais il n'y a que des portes ici ! Pourquoi ? implore-t-il

— C'est ainsi, continue la voix derrière la porte suivante. Pour toi, l'enfer sera une enfilade de portes à perte de vue, alignées, semblables, de taille égale et de même couleur… Ça ne te dit rien ?

GELATO

Gelato fait rire et il le sait.

Faut dire, Gelato n'est pas très beau. Avec ses cheveux hirsutes et légèrement orange, comme Poil de carotte, son meilleur compagnon imaginaire ; avec des yeux de Caliméro trop étendus sur un visage pas très grand et plutôt plat ; deux oreilles en feuilles de choux, très fleuries, qui encadrent un pif tout lisse, bien enflé et vraiment trop rouge pour son teint cireux, Gelato accroche le regard et décroche la rigolade. Mais ce n'est pas tout, il est lippu, légèrement bossu, court sur pattes et long de pieds.
Alors bien sûr, ça fait rire !

Faut dire aussi que Gelato n'a pas bon goût. Il s'attife mal, un peu démodé. Il porte toujours des bretelles parce que son pantalon est trop large… beaucoup trop large. Il met des chaussettes trouées à plusieurs endroits, que l'on voit bien car son pantalon est trop court… beaucoup trop court. Gelato est fardé, bariolé, peinturluré. Il affectionne particulièrement les couleurs éclatantes qui ne s'aiment pas entre elles. Ses chemises, toujours rapiécées, sont rayées vert et jaune, ou bleu et marron, ou bleu et kaki, ou encore orange et rose, une vraie symphonie de couleurs dissonantes. Son pantalon, lui, il est rouge… entièrement rouge… beaucoup trop rouge.
Alors du coup, ça fait rire !

Mais surtout, Gelato est maladroit ! Il laisse tout échapper, et rien ne tient dans ses mains. Lui-même a l'équilibre fragile, si bien qu'il tombe. Oh oui, il tombe fréquemment. Juste en marchant, zzzip, il a glissé, si vite, sur ses immenses palmes. S'il s'assoit sur une chaise, elle est forcément cassée. Lorsqu'il descend des escaliers, il loupe une marche, ou deux, et finit sur le palier suivant, les quatre fers en l'air. Il ne voit jamais les obstacles, il fonce dedans. C'est sa nature. C'est Gelato.

Alors de fait, ça fait rire !

C'est vrai, Gelato, quand on le voit, on pouffe, on glousse, on se fend la poire, on se plie en deux, on meurt de rire. Et mourir de rire, c'est beau quand même !

Évidemment, tout ça, ce ne sont que des moqueries, Gelato le sait. Mais elles ne sont pas très méchantes, alors il s'en fiche. De toute manière, il s'est habitué à faire rire.

Gelato ! Ce nom, mi-italien, mi-rien, évocateur du gel, de la gélatine, de la glace. Ce nom qui rime facilement avec « toqué comme un marteau », « empâté comme un pataud », « raté comme un râteau », « aussi plat qu'un plateau », « plus étroit qu'un un tréteau ». Ce nom qui surprend tant pour ceux qui l'entendent ou le disent la première fois. Ce non, ce n'est pas vraiment le sien.

Lui, c'est Gilles. Mais partout où Gilles allait, il passait inaperçu. On ne le voyait pas, ne lui parlait pas, ne lui souriait pas. Depuis longtemps, Gilles trouvait le monde terne, il se demandait où étaient passés les sourires charmeurs, les rires innocents, les visages pétillants lorsque les commissures de leurs lèvres s'étiraient, sans retenue, jusqu'aux lobes d'oreilles. Gilles était triste lui-même. Il était pourtant de ces enfants qui amusent les grands, qui allègent leur existence de ce poids du quotidien. Un exutoire, un rafraîchissement, une parenthèse, rien d'autres. Mais au fond de lui, il avait mal. En souffrant, il suscitait le sourire des autres et c'était là sa seule consolation. Après tout, sourire et souffrir se ressemblent bien. La différence a simplement laissé ses empreintes en cédant au sourire ses deux consonnes élancées et recourbées au sommet, lesquels résonnent déjà comme un soupir de lassitude : ff ! Alors souffrir, sourire, soupir, tout s'est confondu dans sa tête.

C'est pour cela qu'il modifia son nom, pour changer son monde, pour ne plus subir. C'est tout.

C'est la fin de journée pour Gelato. Il est fatigué. Il s'assoit devant son bureau et se regarde dans la glace. Le rouge se reflète. Sa mémoire saigne. Se déversent les souvenirs douloureux d'une enfance volée par un père alcoolique, une blessure irréversible que même sa mère n'a pas su panser. Dans le miroir, Gelato sourit. Il sourit parce que ses yeux pleurent. Il ouvre le tiroir, prend un chiffon sur lequel il verse une crème blanche. Avec, il affine ses lèvres, estompe son teint de cire et efface ses larmes.

Mais il garde le sourire.

Et comme tous les soirs, ce moment où il bascule entre ses deux univers, entre le noir et le rouge, entre le jour et la nuit ; cet instant imaginaire où ses yeux se chagrinent de perdre leurs larmes, où les commissure de ses lèvres se recentrent, où perdre son teint de cire le rend plus fade ; cette minute charnière où Gelato s'endort pour que Gilles puisse s'éveiller ; comme tous les soirs, cette seconde, si redoutée, arrive : il retire son nez rouge et le range dans le tiroir.

☐

L'AUTORITÉ

— Maman… Maman ! supplie la petite fille.

Elle se pend de tout son poids sur le tablier de sa mère, qui d'un revers de main, la repousse brusquement.

— Quoi encore ?

La voix est rauque. Le ton blasé. Le regard détourné.

— Faut vraiment que j'y vais tout de suite ?

— Qu'est-ce que tu me racontes ?

— J'ai pas sommeil moi et c'est pas tard !

Soupir. La mère se retourne, dessinant d'épaisses volutes laiteuses avec sa cigarette.

— Si, il est bien assez tard pour toi, demoiselle !

Elle aspire. D'autres volutes encore plus blanches, plus denses s'épanchent.

— Je peux prendre un verre de lait avec moi ?

— Pas question.

— Mais j'ai soif… je veux un verre de lait pour aller à la lit.

La jeune fille tire à nouveau sur le tablier, bien accroché à la taille élargie de la mère, qui la repousse une nouvelle fois. Seuls ses yeux sombres et affaissés de lassitude se distinguent à travers la fumée.

— À la quoi ?

— À la lit ! Avec un verre de lait !

— Au lit !… Un lit, pas une.

Visage hébété de l'enfant. Manifestement, elle ne voit pas le rapport avec sa demande.

— Odile, tu ne peux pas parler comme tout le monde, à ton âge ! poursuit la femme.

Non, elle ne comprend pas ce que sa mère essaie de lui dire. Surtout que :

— Papa dit toujours qu'il boit son verre jusqu'à la lit !

Alors pourquoi pas elle ?

La femme abandonne ses travaux ménagers, pose son séant sur une chaise décatie et retire la cigarette qu'elle avait collée, entre ses lèvres. Elle l'écrase dans le cendrier qui déborde, à côté de la gazinière. L'ultime nuage nacré s'échappe de son rictus.

— C'est pas le même lit. La lie de ton père, c'est celle du vin... rien à voir avec le lait. Et ces derniers temps, c'est pas le verre qui boit jusqu'à la lie, mais le cubi. Bref, si tu veux un verre de lait, tu le bois ici et après tu vas te coucher. Compris ?

— Je veux plus un verre de lait, dit la jeune fille en hochant du chef.

— Parfait, alors du balai !

— Je veux un cubi moi aussi, comme papa.

— Ben voyons, ça promet. Les chiens font pas des chattes. Remarque, chez les Doulon, à chaque génération, y'a toujours un poivrot. Un héritage comme un autre ! Mais si ça pouvait être un de tes cousins, ça m'arrangerait.

Elle jette un regard en direction du salon où son mari larve sur le canapé. Une poussée d'exaspération...

— Le cubi c'est pour les adultes, reprend-elle, enfin certains, ceux qui ont la descente lourde !

Il lui faut tout de suite une bouffée de cigarette. Elle en allume une autre. Aspiration. Délectation.

— Ton père, il préfère cette lie-là, car c'est pas le lit de la chambre qui le fera monter au rideau, marmonne-t-elle

— Y monte au rideau papa ? questionne la fillette, voyant là un espoir de relancer la conversation et de ne pas aller se coucher.

— Pas dans le lit en tout cas.

— Y'a des rideaux dans le lit ?!

— Dans ce lit, il ronfle comme un moteur encrassé !

— Un moteur aussi ?

Elle avale puis rejette la fumée, ignorant les deux dernières questions de sa fille.

— Non, il n'y a pas grand-chose d'autres qui s'y passent.

— Mais c'est quoi la lie de Papa alors ?

— Du dépôt, du déchet, des détritus... tout ce que ton père adore, lance-t-elle en retournant à ses casseroles.

L'objet de la conversation, engoncé dans son fauteuil gris taupe, un verre de rouge à la main droite, une cigarette incandescente dans l'autre main, cheveux en bataille, doigts de pieds en éventail sur l'épagneul endormi, ne bouge pas d'un iota. À peine s'il respire. D'ailleurs, est-il encore vivant ? se demande la femme. Face à lui, un poste de télévision braille les mauvaises nouvelles du monde et du quartier. Il ne les écoute pas, ça le déprime, mais regarde les images, ça l'occupe.

— Mais je veux pas aller me coucher ! proteste à nouveau la barbie dans son pyjama à éléphants roses.

— C'est quand même pas toi qui commande ici, non ? Et puis faut dormir pour être grande et forte. Fin de la conversation.

— Ben, toi t'es pas grande !

La louche atterri droit dans l'évier dans un bruit strident de choc, métal contre inox.

— Justement, j'ai pas assez roupillé quand j'étais gosse. Et tout ce que j'ai perdu en longueur, je l'ai pris en largeur…

Elle reste plantée devant la gazinière, alors qu'il n'y a plus rien sur le feu.

— Tu voudrais pas finir comme moi quand même ?

Elle ravale un sanglot en même temps qu'une bouffée de gauloises.

— Heu ! non !

C'est sincère, c'est limpide, c'est direct. Des larmes s'échappent sur les joues de la mère. De son côté, la petite n'est pas certaine d'avoir saisi l'enjeu de la question et détourne discrètement la conversation pour en revenir à ce qui l'intéresse vraiment… ne pas se coucher.

— Mais j'ai peur des monstres quand je suis dans mon lit !

— Ma pauvre Odile. Il faudra pourtant t'habituer. Un monstre t'en auras toujours un dans ton lit… même quand tu seras plus grande. Surtout quand tu seras plus grande ! Et ceux que tu crois voir aujourd'hui, je peux t'assurer que ce sont des anges à côté de ce qui t'attend.

— Mais maman, je… veux… pas… aller… dans… mon… lit, articule-t-elle pour bien se faire comprendre.

La fille toise la mère, la mère scrute la fille, le brouillard qui pique les yeux s'évapore entre elles. Elles se revoient à nouveau.

— Roger !

Pas de réponse.

— Roger !

Toujours pas de réponse.

— Oh l'ivrogne, ROGER, tu m'écoutes, hurle-t-elle (plus fort qu'Yves Mourousi aux infos).

— Hum ?

Il est vivant !

— Y'a ta gamine qui a les chocottes dans son lit.

— Ben qu'elle se mette dessous ! marmonne-t-il toujours captivé par les images apocalyptiques d'un monde en sursis.

— C'est tout ce que tu as à dire ?

— Que veux-tu que je dise d'autres ?

— Rien, mais tu pourrais lever ton postérieur de plomb pour venir la coucher. Et je sais pas moi, lui lire une histoire, tant qu'on y est !

— T'en as d'autres des comme ça ? Pis la gamine, tu veux vraiment que je t'amène au pieu ? aboie-t-il à sa fille, le regard fumasse.

Cubi, rideaux, déchets, moteur encrassé, monstres… Tous ces mots tournent dans la petite caboche blonde. Pas très réjouissant. Ça sent mauvais ! Finalement, elle s'enfuit en courant dans sa chambre. « Bonne nuit ». Elle préfère détaler que des taloches de son paternel.

— Ben tu vois la mère, suffit de savoir leur parler ! C'est ça l'autorité !

INDÉFECTIBLE

Lorsque ma mère a appris par hasard qu'elle était enceinte par erreur, elle a vomi. Et ce fut la seule fois, a précisé papa. Il fallait se rendre à l'évidence, ce n'était pas la grossesse qui l'avait rendue malade mais bien cette nouvelle… cataclysmique. Maman aurait souhaité y mettre un terme, seulement, le stade avancé de l'avorton imprévu l'avait contrainte à poursuivre le processus « fœtus enclenché ». Vingt semaines, c'eût été un crime, et ma mère n'est pas une meurtrière. Papa, lui, était si heureux, si fier, si attendri. Elle a donc cédé au mauvais sort que lui avait réservé la négligence orgasmique de son mari. Maman aime papa !

Les mois suivants ont déployé pour elle des jours estampillés par l'obsession : son corps se déformait au fur et à mesure que le mien se façonnait. Elle redoutait que la graine de papa, germant dans ses entrailles, ne lui fasse endurer le martyre au moment M du jour J. Cette plante carnivore, qui chaque jour vampirisait son éclat et sa vitalité. Maman n'a jamais été très partageuse. Très vite, elle a cessé de s'alimenter. Jeûner pour mieux défricher fut sa devise. Mais le reflet famélique que lui infligeait chaque matin le miroir de sa salle de bains l'avait décidé à reconsidérer son stratège. Finalement, s'est-elle dit, plus elle mangerait, plus l'enfant serait grassouillet à la naissance et probablement gros à l'adolescence. Satisfaction… Elle s'est goinfrée ! Pas question que sa progéniture soit plus gracieuse qu'elle aurait souhaité l'être elle-même. Maman est très regardante lorsqu'il s'agit qu'on la regarde !

Papa ne voulait pas savoir le sexe de l'enfant, seulement ma mère n'était pas un Kinder dont la surprise se dévoilerait en cassant l'œuf. Le packaging lui appartenait et elle voulait connaître le produit avant le déballage. Se préparer à, c'est se prémunir contre et s'assurer de… Maman est prévoyante ! Conscient des tumultes hormonaux d'une femme dans son état, papa a capitulé.

Arrive le rendez-vous suivant, dans le redoutable cabinet des humiliations féminines, le stick déo à ultrasons surfe sur la vague abdominale de maman, quelques remous englués sur sa peau tendue, des images d'outre-tombe qui s'animent sur le moniteur, le couperet tombe : c'est une fille. Papa, en mari comblé, sourit. Maman, en épouse accablée, soupire : « manquait plus que ça, une pisseuse ! » La gynécologue lui glisse un conseil à l'oreille, celui de ne pas s'inquiéter, de nos jours les couches sont jetables, c'est plus commode. Et ma mère de rétorquer : « Et si c'est une chouineuse, les kleenex seront aussi plus commodes ! » Maman n'apprécie guère les conseils.

S'il y a bien un jour que maman ne veut pas revivre, c'est celui de l'accouchement. L'abomination faite sur terre, m'a-t-elle confié tout au long de ma jeunesse. L'accouchement représente la douleur dans son paroxysme ; rien à voir avec celle que j'ai ressentie lors de mon opération de l'appendicite ou des amygdales qui m'avaient l'une et l'autre réduit en miettes à l'adolescence, ni même ce jour où, en cours de sport, je me suis brisé le tibia en tombant de la corde. « Tu te souviens comme tu as morflé ? Eh bien, songes-y à deux fois avant d'être enceinte, ma fille, maintenant que tu fréquentes ! »

Quant à l'allaitement, c'est contraignant. Douloureux. Embarrassant. « Ce n'est pas la mer à boire, a insisté papa, toutes les femmes le font ! » Eh bien non, justement, ma mère, elle, n'est pas une mère à boire. La tétée sera le biberon et c'est marre ! Un sevrage prématuré permettra certainement de couper le cordon ombilical au plus vite. « C'était pas prévu, faudrait pas que ça dure ! » Maman a la verve gouailleuse, un franc-parler cinglant, utile pour dissimuler ce qu'elle pense franchement !

Je n'ai pas été une enfant malheureuse, même si parfois je me suis sentie mal aimée par cette mère revêche. « Maman se volatilise souvent dans des ailleurs qui lui appartiennent… », me confiait papa lorsque l'innocence ne suffisait plus à me protéger de ses sarcasmes. Je voyais maman comme un oiseau qui migrait d'une humeur à l'autre, revenant toujours à celle qui ne me blesserait plus. Je lui imaginais des ailes, couvertes de plumes bleues, dont les battements me fouettaient à chaque envolée, mais je savais qu'elle reviendrait un peu plus tard, les ailes repliées, moins hostiles, plus calme… Maman est un aigle et je suis une proie facile.

L'affection n'était pas sa marque de fabrique. Très vite, je suis allée la chercher auprès de mon père. Lui était une cocotte-minute d'amour sous pression permanente. Lorsqu'elle m'appelait « ma fille », une réprimande fielleuse suivait systématiquement. Avec elle, j'ai appris la méfiance. J'étais alerte, un mot de trop et un orage de reproches me tombait sur la tête. Trempée d'humiliation, je me réfugiais tout de go sous les cieux plus cléments de papa, qui, après consolation, me livrait quelques éclaircissements imagés sur les élans intempestifs de ma mère. Il a su me tenir éloignée de la culpabilité en m'apprenant le pardon. Cette force devint mon bouclier. Je me suis habituée.

Lorsque, pour la première fois, j'ai voulu savoir qui était cette grand-mère dont on ne parlait jamais, maman a grincé des dents : « Inutile de la faire revenir de sa tombe celle-là, elle est bien où elle est ! » Pourquoi répugnait-elle tant à en parler ? La mère de maman était un tabou à la maison. Chaque discussion qui déviait vers elle, se trouvait immédiatement remise sur le droit chemin. Je ne savais qu'une chose, je lui ressemblais. « Tu es bien comme ta grand-mère, tiens ! », « Ta grand-mère aurait fait pareil, aussi idiote ! », « Plus le temps passe, plus tu lui ressembles ! » Qui était cette femme mystérieuse dont je partageais les gènes et vers qui je m'approchais inexorablement ? J'étais adolescente et je voulais comprendre. En en découvrant un peu plus sur cette femme, le voile sur ma mère se lèverait peut-être. Je pourrais mieux l'apprivoiser, mieux l'aimer.

« Ta grand-mère était vive comme toi, m'a raconté papa, après une kyrielle de questions. Un être pétillant, toujours prompt à rire. Ah ! c'était une comédienne… et de théâtre ! Toujours sur les planches. Toujours sur les routes. » Dans la voix de papa, je sentais de l'admiration. « Oui, une artiste et une femme d'appétit avant tout. Mais pas une mère. Elle oubliait souvent qu'elle avait une fille et sa carrière représentait beaucoup pour elle. Difficile pour ta mère, qui a dû se construire seule. Elle s'est brûlée au contact d'un soleil trop ardent, un de ceux qui brillent pour deux. Ton grand-père était déjà mort, tu sais, alors… »

Alors, je lui ressemblais. J'avais les mêmes yeux émeraude, pétillants et malicieux. Ma silhouette élancée avait pris calque sur la sienne. Des cheveux soyeux, noirs et bouclés, comme elle ! Ce nez, ce joli nez qui allongeait mon large front était le sien. Ma mère n'était, et n'avait rien de tout ça. Yeux sombres et inquisiteurs, cheveux châtains et raide comme des barreaux de prison, front galbé et dégarni, pas très grande, corps bien en chair. « Tu lui rappelles sa mère lorsqu'elle te regarde parfois. Ne t'inquiète pas, ta mère sait ce qui est juste ! » Maman est peut-être juste mais rancunière !

Après cet épisode, j'ai pensé qu'elle distillait son affection à petites gouttes d'indifférence, quelques touches d'absence, par-ci, par-là, pour faire mal, pas trop, juste un peu pour qu'un lien entre nous existe et subsiste. Et de fait, lorsque j'ai annoncé à maman que j'allais me marier, elle a demandé à mon père de lui passer le sel. « Cette ratatouille est bien fade, faudra que je change de recette ! » Je n'ai pas été surprise, juste chagrinée. « As-tu bien entendu ce que je viens de te dire, maman ? » Bien sûr que oui, elle n'est pas sourde. Ça devait arriver un jour ou l'autre, d'ailleurs elle n'y croyait plus, alors même si le futur mari ne lui disait rien qui vaille, on n'allait pas en faire tout un plat. Maman a le chic pour y mettre les deux pieds, elle, dans le plat. Elle farde ses sentiments avec des pinceaux de maladresse, se bigarre de mépris. Maman est pudique !

Lorsque je me suis mariée, maman m'a averti qu'elle ne mettrait pas un centime dans la robe, ni dans la soirée, ni dans quoi que ce soit d'autre. « Un mariage est une décision personnelle, ce n'est plus l'époque des mariages convenus, alors pas de raison que ce soit les parents qui payent ! Moi, j'ai assumé seule mon mariage avec ton père ! » Elle n'a pas souhaité faire de discours à la cérémonie religieuse, a refusé d'intervenir lors de la soirée. Elle a été souriante seulement après que le vin l'a dégrisée. Sous l'effet des spiritueux, elle avait sans doute réalisé la délivrance que représentait ce mariage pour elle. Le cordon ombilical était définitivement rompu. Maman est opiniâtre !

Une nouvelle vie, sans ma mère. Nous ne nous appelions jamais. Elle ne me rendait pas visite. Une fois par semaine, j'allais chez eux, juste pour préserver l'affinité que j'avais avec mon père. J'avais espéré que l'éloignement adoucisse le comportement de maman à mon égard. Mais non, cette relation était trop ancrée. Encore une fois, j'ai laissé couler. Mon sort n'était pas si détestable après tout. Le temps a passé puis sont venus ces vertiges incessants, ces sensations de fébrilité. Je les ai d'abord mis sur le compte de la fatigue, mon travail, mes journées chargées. Mais le repos n'arrangeait rien, et lorsque les nausées m'ont fortement secouée un matin, je suis allée consulter mon médecin. L'analyse de sang l'a révélé, mon couperet est tombé.

Lorsque je l'ai annoncé à ma mère, elle n'a pas cillé. Je venais d'avoir vingt-quatre ans. Papa était parti en déplacement professionnel pour une dizaine de jours. C'était un de ces samedis maussades de novembre, en fin de journée. Le ciel était encre et diluait une lumière terne dans la cuisine. Comme chaque automne, maman préparait ses pots de confiture. Elle me tournait le dos, affairée. Elle a entendu et elle n'a rien dit. J'aurais pu lui demander de s'asseoir près de moi pour écouter ce que j'avais à lui dire, mais il m'était impossible d'affronter son regard. J'ai mesuré combien je craignais ses réactions. Je n'avais rien perdu de ma vigilance d'enfant.

Un silence interminable. Puis elle a détaché son tablier, l'a posé méticuleusement, sans se retourner, sur le rebord de l'évier. « Tu m'auras usée jusqu'à la corde. Tu comptes le dire à ton père ou c'est moi qui dois lui asséner ce coup de matraque ? » Elle est sortie sans un geste, sans un regard. J'ai pleuré. J'ai pleuré parce que ma mère ne m'avait pas serrée dans ses bras. J'ai pleuré parce qu'elle avait fait naître en moi ce sentiment de culpabilité dont papa avait toujours su me protéger. La rage a supplanté ma naïveté, et j'ai enfin vu ma mère telle qu'elle était : un ogre boulimique d'égoïsme. Je m'étais fourvoyée. Et pour la première fois, j'étais aussi en colère contre mon père. Soucieux de dédouaner les écarts qu'elle commettait continuellement, il avait forcé mon pardon. En mettant un point d'honneur à racheter ses erreurs, il m'avait tartinée d'un bonheur factice. Il m'avait trompée. Je ne pouvais le supporter.

Des jours d'absence… Pas question pour moi d'attiser ce sentiment de rancœur en retournant la voir, il n'aurait fait que nourrir ce qui déjà me rongeait. Je préférai attendre qu'il se délaye, peu à peu, au fil des heures. J'ai remis de l'ordre dans ma tête. C'est moi qui, cette fois, ai replié les ailes, pour revenir plus calme, plus douce. Le doute. Puis le remords. Trois jours, et le besoin de parler à ma mère s'est imposé. Je devais le faire avant que papa ne rentre. Avant que tout m'échappe. Inutile de chercher à comprendre. Inutile de l'excuser à nouveau. Juste lui dire ce que je ressentais, ce que l'enfant avait ressenti.

J'ai pris mon sac, mon manteau, mes clés et suis partie. Dans la voiture, une curieuse sensation d'apaisement mêlée d'angoisse m'a donné un haut-le-cœur. Trop de rancunes s'étaient insidieusement comprimées dans mon ventre comme un tas d'ordures. Les quelques kilomètres qui nous séparent se sont étirés à n'en plus finir. Une fois arrivée, personne ne m'a répondu. Je savais mon père encore à l'étranger, mais ma mère, où était-elle ? J'ai inséré mon double de clé dans la serrure.

Tout était éteint. Tout était calme. J'ai appelé ma mère à plusieurs reprises. Pas de réponse. Elle n'était vraisemblablement pas là et cela me soulageait presque. Décidée toutefois à l'attendre, je suis allée me préparer un café. Dans la cuisine, la confiture de cerises avait été mise en pot. Et chacun de ces pots s'empilait soigneusement sur la table. Par-dessus, une lettre. J'ai tout de suite reconnu l'écriture hasardeuse de ma mère, le « Pour ma fille », sur l'enveloppe, à l'encre noire.

Ma fille,
Hors de question que tu partes avant moi, ce n'est pas dans la nature des choses […]
Maman.

Lorsque ma mère a appris que j'étais condamnée, elle n'a pas cillé. Elle a détaché son tablier, l'a posé méticuleusement, sans se retourner, sur le rebord de l'évier. « Tu m'auras usée jusqu'à la corde. Tu comptes le dire à ton père ou c'est moi qui dois lui asséner ce coup de matraque ? » Puis elle est sortie de la pièce, sans un geste, sans un regard. Elle s'est enfermée à double tour dans sa chambre et a attendu que je parte. Maman a ensuite terminé ses pots de confitures, s'est installée dans le bureau de mon père pour écrire une lettre. Une fois cachetée, elle l'a posée sur la table de la cuisine, mise en évidence, au milieu de tous ces pots colorés. Elle est allée dans la remise pour prendre ce dont elle avait besoin, puis est descendue au sous-sol. Là, elle s'est pendue.

Parce que maman est fidèle.

☐

UN SAC DE NŒUDS

— Encore une fois Catherine, je ne vois pas ce que ça m'apportera de plus.

— Évidemment, ça irait mieux avec un smoking, ou même un jean. Là, le bermuda à fleurs…

— C'est vrai que des smokings…, j'en mets souvent.

— Pourtant tu aurais de l'allure, crois-moi.

— Le premier pote que je croise dans la rue avec ça, il se barre à toute allure. Non, attends, il se marre d'abord et se barre à toute allure après. C'est ce que tu entends par « allure » ?

— Essaie celui-ci… Pas mal, n'est-ce pas ?… Après réflexion, je crois que je préfère celui-ci, avec les fermetures imitation argent.

— Mais enfin Catherine, on va croire que je suis à voile et à vapeur avec ce truc !

— Tu te fiches de moi ?

— Très bien, dis-moi que je n'ai pas l'air d'une tata.

— Mais ouvre tes mirettes, regarde autour de toi, sors un petit peu de ton monde de machos, les temps ont changé, les modes évoluent, les gens se modernisent. Les hommes portent bien des boucles d'oreilles depuis quelques décennies, alors pourquoi pas un sac à main ?

— Mais à cette allure-là, on portera des robes dans vingt ans ! Non, un homme est un homme, une femme est une femme. Pourquoi vouloir bousculer l'ordre des choses ?

— Lapalissade.

— Réalité.

— Ta réalité.

— Non, celle d'une société qui part à vau-l'eau, qui brise tous les codes sur lesquelles elle s'appuyait depuis des siècles. Ce n'est pas parce que les femmes ont gagné leur indépendance et qu'elles veulent faire les mecs, que les mecs doivent faire les nanas. Égalité des sexes ne veut pas dire similarité. Restons ce que nous sommes. Et le sac à main a été inventé pour les femmes…

— Si le mot te gêne, appelons ça une besace ou un baise-en-ville.

— Un baise-en-ville, encore mieux ! Ce n'est pas le mot qui me dérange, mais l'objet ! Parce que c'est ridicule de se trimballer avec ce zinzin au bout du bras, lorsqu'on mesure 1m90, que l'on pèse 80 kg et que l'on a plus de poils sur le corps qu'il n'y a d'arbres en Amazonie.

— Arrête ton cinéma, on dirait une gonzesse.

— Voilà, c'est ce que je dis !

— Depuis quand te soucies-tu du regard des autres ?

— Depuis que je t'ai épousée !

— Tu ne peux pas te dire que c'est juste pratique ?

— En quoi ?

— On peut tout avoir sur soi avec un sac, prêt à dégainer n'importe quoi, n'importe où, n'importe quand !

— Je ne vais pas faire un casse, je n'ai rien à dégainer !

— Calme-toi, on nous entend.

— On nous voit aussi, par la même occasion, et c'est embarrassant.

— Bouge pas une seconde… Baisse la tête… Lève ce bras…

— Mais qu'est-ce que tu fais ?

— Je te le mets en bandoulière. Tu sais on n'est pas obligé de le garder à la main, l'anse, ça sert à ça.

— Catherine ?

— Bouge pas… Quoi ?

— Tu n'as rien contre satisfaire ma curiosité ?

— Je ne suis plus à ça près.

— Alors dis-moi ce que je pourrais bien mettre dans ce fichu sac.

— Ton portefeuille.

— Il tient dans ma poche.

— Tes clés !

— Dans ma poche aussi.

— Des kleenex de secours.

— Pour parer quel danger ? Mon mascara qui coule quand il pleut, mon rouge à lèvres qui bave après avoir embrassé mes collègues en arrivant au boulot ?

— Se moucher, crétin.

— Je ne suis pas malade tous les quatre matins. Puis des kleenex, ça tient aussi dans une poche.

— Ton agenda.

— Dans mon téléphone.

— Alors, ton téléphone.

— Dans ma poche.

— Mais tu as combien de poches dans ton pantalon ?

— Suffisamment pour y ranger tout ce que j'ai avec moi.

— Tu voyages léger, toi. Un portefeuille, des clés et un grain de riz dans le crâne…

— Et un téléphone.

— Tu cherches à m'énerver, Paul ?

— Chuuuuut !

— Pas de condescendance, s'il te plait… Et si je te dis que moi, ça me plaît de te voir avec ce sac. Que ça m'excite.

— Je pourrai toujours emprunter le tien un soir, dans notre chambre, si cela te plaît tant. Mais je ne vois pas en quoi débarquer au boulot avec ce machin pour gonzesse émoustillerait ta libido !

— Savoir que je ne porte pas de culotte parfois, ça ne te titille pas ?

— Peut-être… Oui… Mais c'est différent.

— En quoi ?

— Parce que dans ces moments-là, Catherine, je suis à côté de toi.

— Tu n'as quand même pas la tête sous ma jupe.

— Pas besoin.

— C'est ça ! Pas besoin. Parce que tu imagines, et c'est ce qui t'excite, l'imagination. Mais tu sais que les femmes peuvent aussi imaginer.

— Alors je te laisse imaginer le prix de ce sac.

— J'ai déjà regardé l'étiquette.

— Tu te rends compte que ça coûte la peau du cul.

— Ne sois pas pingre. Ni vulgaire, à l'occasion.

— Plus c'est futile, plus c'est cher.

— C'est cher parce que ce n'est pas futile justement, mais utile !

— Tu ne vas pas recommencer ! Ma patience a des limites.

— Des limites ?

— Des limites, tu as bien entendu.

— Ta patience ?

— Oui.

— Plutôt toi, oui !

— Qu'est-ce que tu sous-entends par là ?

— Laisse tomber.

— Faut bien qu'il y en ait un d'entre nous qui pose des limites lorsque l'autre ne fait que les franchir !

— Je dépasse les limites ? Alors regarde bien ce qu'on peut mettre dans un sac.

— Mais qu'est-ce que tu fais encore ?

— Contente-toi de regarder.

— Bordel, tout ce fatras !

— Et encore ça… C'est fou tout ce qu'on peut mettre dans un sac, hein ?

— À qui le dis-tu ? C'est un objet de prestidigitateur, ce machin-là !

— La ferme !

— T'es givrée ?

— Sac à puces !!

— Tu dérailles ?

— Sac à poux !!!

— Calme-toi avec tes sacs !

— Sac à m…

— Stop ! C'est bon, t'es contente, tu les as vidé tes sacs, tu te sens mieux ?

— Tu viens de décrocher un nouveau job, Paul. Un peu de modernité et de look t'aideraient peut-être à le garder… cette fois !

— C'est bas.

— Mais hautement vrai.

— Je suis maçon, Catherine. Je ne vais pas mettre ma truelle et ma blouse dans ce foutu sac ! Je ne vais pas jouer les zazas au chantier juste pour que tu fantasmes. Je ne te demande pas de mettre un treillis pour aller chez la manucure… Je suis maçon.

— C'est bien le problème.

— Voilà, on y est. Seulement va falloir t'y faire. Je sais que ta mère préfèrerait que je sois médecin ou je ne sais pas quoi encore pour mieux correspondre au standing de ta famille ! Mais je suis maçon. Et si ce n'est pas assez bien pour toi aussi, alors tu devrais peut-être penser à aller voir ailleurs !

— J'y ai déjà songé, figure-toi.

— Alors ne songe plus, parce que moi, tu vois, j'en ai ras la casquette.

— Mais je rêve, tu…

— Tu rêves, oui… comme depuis le début de notre histoire.

— Mais reviens… je comprends pas !

— Trop tard.

— Tu prends ton sac et tes quilles, là… PAUL ?

— Juste les quilles. Le sac, je te le laisse !

— Que veux-tu que j'en fasse ? Je ne vais pas porter un sac d'homme. J'aurais l'air de quoi ?

— D'une femme moderne, Catherine, libérée et fraîchement divorcée.□

UN PARFUM D'EXCEPTION

Dissimulée sous une épaisse chevelure cotonneuse couleur papier toilette « senteur lilas », une volumineuse permanente sculptée par les mains hésitantes de son voisin jardinier, mémé rock'n'roll trépigne devant la porte close de l'ascenseur. Ça fait gling, gling toutes les vingt secondes, ça monte, ça descend, mais ça ne s'ouvre jamais ! À l'accueil, la poupée rousse au balcon recimenté hausse les épaules comme pour lui rappeler qu'il serait bien d'être un peu plus patiente ; que tout vient à point à qui sait attendre et que de toute manière, les vieux sont toujours pressés même s'ils n'ont plus rien à faire, alors qu'elle croule sous le travail entre des pauses-café, pauses-toilettes et poses vernis à ongles ! Chez elle, aucun accroc possible, tout a été reprisé correct, songe mémé rock'n'roll. Moi tout est d'origine…

Et l'emballage aussi ; sa robe florale vert prairie d'un printemps bien avancé s'accorde à sa peau terre aride d'un été caniculaire. Elle s'est mise sur son trente et un pour cette rencontre, bien plus excitante que toutes celles faites sur Meetic ces derniers mois. Elle en a vu du gugusse en chaleur, des varappeurs qui l'ont escaladée, des dompteurs qui ont voulu l'apprivoiser avec de gros billets, des spéléologues qui ont tenté de sonder son « moi » profond à coup de langues sirupeuses, mais aucun n'arrive à l'orteil de celui-là. Pour lui, elle a même failli retirer ses lunettes cul de bouteilles écailles d'argent. Pour faire genre. Mais bigleuse comme elle est, elle n'aurait pas profité de la cerise sur le gâteau.

Ce sont ses petits-enfants qui l'ont baptisé mémé rock'n'roll, non pas parce qu'elle rocke sur les pistes de dance ou qu'elle écoute des chanteurs au postiche cylindrique dans son walkman à cassettes, mais juste parce qu'à soixante-dix-sept ans, elle envoie encore tout valdinguer à la moindre contrariété. Vive et pugnace comme dans sa jeunesse. Casse-pieds aussi ! « Avec mémé, ça balance pas mal », qui disent les gamins. Et ils ont raison.

Gling, gling, l'ascenseur s'ouvre enfin. Mémé rock'n'roll s'y engouffre, faisant glisser sur les dalles PVC ses deux vieilles charentaises molletonnées à grosses boucles vertes. Entre-temps, la standardiste bodygonflée l'a rejointe, un dossier de fortune débordant de feuilles vierges dans une main, qui justifie le paquet de clopes caché dans l'autre. Ça sent encore la pause !

Les deux femmes se toisent, alors que, gling, gling, l'ascenseur se referme. Une voix haut perchée déraille : « Attendez ! Retenez-le ! J'arriiiiiive… » Mémé rock'n'roll dégaine sa canne pour bloquer les portes coulissantes. Une brunette cinquantenaire bien tapée, et retapée, se précipite dans la cage à salariés. Se répand alors un fumet pestilentiel qui ferait vomir un fromager et un poissonnier dans une même bicoque.

Ben merde alors, c'est du répulsif à grands-mères qu'elle porte celle-là !

— Salut Rose, dit-elle le souffle court, c'était moins une.

— Bonjour Marie-Colombe, répond la standardiste prototype roman d'anticipation.

Les deux femmes lorgnent la grand-mère. Regard de connivence.

— Ben quoi ? Voulez ma photo ? grogne mémé rock'n'roll en toussotant dans son mouchoir. L'exhalaison fétide que dégage la dernière arrivée a littéralement roussi son larynx.

— Tu sens bon ! s'aventure Rose pour alléger l'atmosphère.

Mémé n'en revient pas. Quoi qui sent bon ? Qui qui sent bon ? Ça fouette, oui !

— Embruns de Rome d'Armati… Giorgio Armati, souvenir de mon week-end en Italie avec le bel Alfred, roucoule la brune préménopausée.

— Quel délice ! Aucun produit de synthèse, j'imagine ?

— À 260 euros les 100 millilitres aux Galeries Lafayette ! Certainement pas !

— Souvenir de luxe.

— Just because I worth it !

Rire des deux working bécasses. Marie-Colombe bat des ailes et Rose dodeline du pétale.

— C'est assez original, j'avoue.

— Complètement ! De l'encens de benjoin…

C'est ça l'odeur cul de bénitier, en conclue mémé Rock'n'roll.

— … du bois de cèdre en note de cœur et du cuir tanné en note de fond !

Du cuir ? On aura tout vu. Un parfum odeur peau de vache ! Aurait dû l'appeler vapeurs d'étables.

— Pour le côté animal, rugit Rose.

Eh ben, la Marie-Pigeon, l'a pas de plomb dans la cervelle mais bien le feu au derrière !

Rictus fléchissant, paupières pesantes, mémé rock'n'roll se concentre maintenant sur les chiffres qui défilent, pas assez vite à son goût. Faudrait pas qu'elle tourne de l'œil avant d'arriver à bon port.

— Je peux vous aider Madame ? interroge l'orgue à parfum.

— La prochaine fois, allez-y mollo sur la cocotte ! grince mémé rock'n'roll.

— Pardon ?

— Rien, t'occupes !

— Je voulais juste être aimable.

— Moi aussi !

— Madame va au studio 120 pour l'enregistrement de Bruno, confie la standardiste overbookée.

Marie-Colombe en perd ses plumes.

— Vous ?

— Voyez quelqu'un d'autre ici ? C'est lui-même qui m'a écrit, en personne, pour m'inviter !

— Ce Bruno, toujours à vouloir pousser les limites, soupire Rose.

— T'vas voir ce que je vais te pousser, moi !

— Pardon ?

— Rien, t'occupes !

Mémé Rock'n'roll avait failli tomber dans les pommes en apprenant la nouvelle quelques jours auparavant. Deux prunes matinales pour désembrumer ses mirettes, celles cachées entre les culottes gainantes de son armoire, une poire pour décongestionner le ciboulot, celle conservée secrètement dans une bouteille d'Evian pour honorer les grandes occasions, et elle se sentait assez mûre pour relire la lettre. Pas de doute, Bruno Guévenoux, le bel hidalgo de la télé, l'homme des fantasmes de toutes les grabataires de la maison de retraite, avait le plaisir de l'inviter à participer à l'émission « La gym des neurones », rendez-vous hebdomadaire incontournable des plus de soixante-dix ans qui cherchent à émoustiller leur cerveau croupissant. Elle visualisait déjà toutes les parades amoureuses qu'elle déploierait devant le seul homme, après bien sûr son défunt mari Maurice, capable de raviver ses phéromones dévastatrices des années cinquante. Elle allait basculer dans l'Eden. Oula, une deuxième poire, tiens !

Jamais elle ne remercierait assez son petit-fils Baptiste, un khâgneux de la Sorbonne et hypothétiquement le moins crétin de toute la portée de sa fille cadette. Le Babate lui avait donné un sacré coup de main en répondant à tout le questionnaire de sélection à sa place. Dingue comme l'intelligence peut sauter parfois une génération, car faut voir les parents !

Gling, gling. Les portes coulissent. Surgit un mannequin raboté, figure peinturluré, jupe moulante en skaï écarlate, demi-chemisier crénelé de soie vermillon, perchée sur deux gros sabots rubiconds qui compensent de toute évidence les 25 centimètres manquant à sa taille. Elle chaloupe jusqu'à ses collègues, la lippe rutilante et étirée jusqu'aux oreilles. Mémé rock'n'roll est aveuglée, elle n'a jamais vu autant de rouge sur une seule personne.

Une deuxième bouffée corrosive inonde l'ascenseur.

C'est le pompon de la pomponnette. Mémé se gargarise avec sa salive.

Avec tout ça, j'ai le bide qui danse la gigue, moi !

Un borborygme viscéral résonne.

— Salut les filles, piaule Betty Boop.

— Comment vas-tu Alice ?

— Vous sentez ? exulte-t-elle en augmentant son décolleté.

— Tu m'étonnes, grommelle mémé qui se soutient les entrailles. Oh, suis super ballonnée moi.

— Souvenirs d'Ispahan de chez Vaultier... Jean-Paul Vaultier. Un petit rappel de mon voyage de noce en orient.

— Très poudré, mais fameux, souligne la standardiste.

Poudré ! c'est peu dire, une allumette et tout pète tellement fort que ça te creuserait le tunnel sous la manche en une seule fois !

— Cadeau de mon mari. J'ai checké sur le web : 180 euros les 50 millilitres sur le site le plus offrant. Alors je l'use avec parcimonie.

Avec parcimonie ???

— C'est léger, non ? interrompt la brunette de « L'Oréal parce qu'elle le vaut bien », vexée de ne plus être la vedette d'ascenseur. Je ne sens presque rien. Je peux ?

Sûr qu'avec ton encens cuiré curé, peux plus rien sentir d'autre !

Alice au pays des vermeils tend le cou en laissant s'échapper de lourdes vapeurs ambrées-épicées-musquées-boisées-vanillées-poivrées-amoniaquées :

— Vas-y chérie, Enjoy !

Ça glousse, cancane, ondule du tailleur et frétille de la jupe. Chez mémé rock'n'roll, ça gigote de l'intérieur, glougloute du siphon et s'agglomère au portillon inférieur. Oups ! Elle se masse à nouveau le ventre. Grimace. Retient son souffle. Resserre les sphincters. Tant qu'elle peut. Mais elle n'a pas terminé sa rééducation périnéale, et… Et pis zut, ça leur f'ra les pieds ! Quelques fragrances s'échappent de ses jupons, étouffées, silencieuces ; prélude mélodieux à la symphonie qui va suivre. Toutefois, mémé rock'n'roll a de la contenue. La politesse, c'est crucial. Elle distille ses arômes fermentés avec élégance, calfeutre ses crépitements sirupeux avec virtuosité, ne se donne qu'avec réserve. Moi aussi, la parcimonie ça me connaît ! Les effluves vengeurs érodent alors toutes les molécules existantes, glissent le long des parois, dansent dans les douze mètres cubes avant de venir cajoler les six naseaux dilatés.

Gling, gling, les portes coulissent. Mémé rock'n'roll piétine jusqu'au couloir en prenant soin d'achever ce travail si bien commencé. Allez, dernière petite mitraille ! La cadence conclusive est cette fois plus sonore. Elle se retourne vers les trois drôles de dames.

— Choux de Bruxelles de chez Grain…, Cassegrain !

Les prisonnières se regardent, médusées, écœurées…

— Souvenance du souper d'hier avec Germain le fleuriste, poursuit Mémé rock'n'roll, 2 euros les 300 grammes chez Monop !

Discrètement, leurs mains embagousées cachent leurs narines émues.

— Anjoille, mes jolies !

Gling, gling. Les portes se referment.

CÈNE MACABRE

Une porte heurte avec fracas le mur de pierre. Le son se répand dans tout le bâtiment jusqu'aux oreilles du Prieur qui venait juste de s'assoupir. Quelle plaie, pas moyen de dormir en paix ! Le Prieur Luc s'extirpe mollement de sa paillasse pour regarder à travers son judas. Au loin, dans la pénombre, lanterne à la main, tonsure hirsute, visage déformé par la peur, un sacristain relève le bas de sa trop longue robe jusqu'aux genoux et s'élance dans le vaste couloir des cellules monacales, faisant craquer le plancher à chacun de ses pas. C'est étrange que les pas résonnent aussi fort. Faudra renforcer ces lattes vermoulues avant qu'un moine n'écrase son postérieur sur l'une des tables du réfectoire du dessous.

« Priiii… ! », la voix suraiguë du sacristain s'est étranglée alors qu'il poursuit obstinément sa course maladroite jusqu'au fond du corridor.

Ni une ni deux, le Prieur Luc bondit de deux mètres vers sa paillasse, s'étale de tout son long, ferme les yeux et singe un ronfleur, persona non grata de tous les dortoirs communs de la chrétienté. Zut, il a oublié de refermer le judas pour avoir la paix. Quel idiot !

— Prieur Luuuuuc…, ouvrez ! s'époumone l'homme, tambourinant sur la porte en bois massif. Oh, Prieur Luc !

La voix est de plus en plus stridente. C'est franchement irritant.

— Mon Dieu ! gémit-il.

Le sacristain remarque enfin la petite ouverture dans la porte. Plus la peine de cogner comme un fou, il encastre sa figure dans le trou et sa bouche est prise en étau :

— Rébeillez-bous, je bous en brie… Brieur Luc ?… Brieur Luc ? Allez, je chais que bous ne dorbez bas… bous ne ronflez jabais comme ça d'habitude !

Le pieux dupeur est démasqué, il peste en s'approchant du sacristain toujours emboîté dans la porte de sa cellule, et, de ses deux légendaires yeux bleus diaphanes qui ont terrorisé bien des générations de moines, il toise l'agitateur nocturne. Ce dernier recule pour mieux respirer. Chacune de ses expirations vient fouetter la tonsure du Prieur.

— Prieur Luc, dans l'église, Frère Gontran, ce matin, enfin maintenant, enfin, je crois que c'est Frère Gontran, il lui ressemble, quoique vu l'affaire, je ne sais pas si on peut dire ça, mais bon, la corpulence ne trompe pas, c'est horrible en tout cas. Il faut venir vite ! Dans l'église, le cellérier, enfin je crois que c'est lui, comme un...

— Frère Adel, interrompt le Prieur exaspéré, quiétude et méditation sont les enseignements du Seigneur qui profitent à chacun d'entre nous. N'avez-vous rien retenu de cette leçon ?

Le moine soupire deux fois pour se calmer :

— Bien sûr que si, Prieur Luc, et Dieu m'en préserve ! Mais c'est arrivé à nouveau, Prieur Luc. Je l'ai vu de mes propres yeux comme je vous vois derrière ce judas, Prieur Luc. Je préparais la sacristie pour les prières collectives et lorsque j'ai voulu poser les objets sacrés, je me suis approché de l'autel, et là j'ai vu..., enfin j'ai senti quelque chose de chaud sous mes pieds, Prieur Luc, j'ai baissé les yeux pour voir, naturellement, et ce que j'ai vu... Ah, c'était affreux, Prieur Luc, j'ai cru d'abord que cela venait de moi, alors je me suis examiné de haut en bas, mais je n'ai rien trouvé, imaginez, mon cœur s'est emballé, Prieur Luc, tant je redoutais ce que j'allais voir si je tournais la tête. Alors, j'ai prié !

Le Prieur est pendu à ses lèvres, les yeux mi-clos. Il a prié ? Soit, il a sans doute bien fait !

— Sans bouger.

Sans bouger ! Parfait, inutile danser la gigue pour prier.

— Oui, j'ai prié sans bouger pour que le Seigneur m'accorde toute sa force.

Il se racle la gorge et laisse s'installer un silence qui dure, puis :

— Et dans toute sa bonté, le Seigneur me l'a accordée, alors je me suis avancé près de la chapelle du Sacrement, et là, Prieur Luc, et là, et là !

Le sacristain échappe un gloussement grotesque qui a le mérite de redonner un petit coup de fouet à son interlocuteur, lequel commençait sérieusement à pointer du nez.

— La vision du diable, Prieur Luc, l'Antéchrist en personne. Mon sang n'a fait qu'un tour. Oh, je ne me suis pas approché plus, j'avais trop la frousse. Prieur Luc, il faut que vous veniez vite. C'est arrivé une deuxième fois, dans notre abbaye… Incroyable… Abominable !

— Cessez de vociférer comme le veau qu'on sacrifie, vous allez ameuter tout le dortoir ! Mais j'ai compris, il faut que je vienne voir, n'est-ce pas ? Alors je vais venir voir ce qu'il y a à voir et que vous dites avoir vu. Mais chut, silence, plus un mot !

— Motus et bouche cousue, Prieur Luc, vous avez ma Parole !

— C'est bien ce qui m'inquiète, marmonne le Prieur. Laissez-moi me préparer. Pendant ce temps, allez chercher Frère Anselme à l'infirmerie, mais ne lui dites rien de tout ça. Froussard comme il est ! Retrouvons-nous dans le cloître. Sans bruit, Frère Adel ! Vous m'entendez bien, Frère Adel car il ne s'agit pas de semer la panique dans toute la communauté, Frère Adel, recommande-t-il froidement en poussant la trappe du judas.

Le prieur est maintenant recouvert d'une coule immaculée, d'un scapulaire noir et d'une capuche retombant sur ses frêles épaules d'homme âgé. Il ne se souvient pas les avoir revêtus. Il doit être encore à moitié endormi. Pas d'autres explications. Il avance à tâtonnement, le dos courbé, soulageant le poids de son grand corps décati sur sa canne en bois ; les impacts bruyants sur le plancher rythment sa lente marche. Il faut urgemment faire quelque chose pour ce plancher, le moindre choc produit un son démesuré, c'est pas normal. Un soupire de lassitude et il se retrouve dehors. De sombres nuages encerclent une pleine lune dont les éclats argentés réfléchissent deux immenses silhouettes en train de gesticuler sur le mur jouxtant l'église. Foutu sacristain, pas capable de tenir sa langue, encore une fois. De colère, il frappe violemment le sol dallé avec sa canne pour interrompre leur conversation agitée.

Dans l'église, une abondance de cierges préparés pour les prières collectives embrase le chœur de l'édifice en de vastes rayonnements orangés qui se reflètent sur les piliers, formant sur les murs des ombres mouvantes et peu rassurantes. Le moine infirmier, petit, trapu, le visage bouffi se saisit d'une bougie à peine consumée et disparaît. Où est-il encore passé, celui-là ? Le prieur s'approche du chandelier pour se munir d'une bougie mais constate avec stupeur qu'il en a déjà une à la main. Il s'engage à reculons dans le déambulatoire et heurte Frère Anselme. Ce dernier glisse sur le sol en poussant un cri de chouette effraie. À ses pieds, le dallage saigne abondamment. L'odeur âcre en est écœurante. Le Prieur se fige. Du regard, il remonte le courant de ce ruisseau rutilant qui prend sa source à quelques centimètres devant lui. Il déglutit bruyamment et ferme aussitôt les yeux. Le sacristain, lui, s'épargne le tableau apocalyptique en se bouchant les yeux. L'infirmier braille derechef. Affolé, il se signe à toute vitesse : « In nomine patri et filii et spiritus sancti... Et introibo ad altare Dei ad deum laetificat juventutem meam... »

— Assez, Frère Anselme ! fustige le Prieur.

— L'Antéchrist est parmi nous. Le serpent a franchi nos murs et a craché son venin diabolique dans nos veines... C'est le signe de notre fin, nous périrons tous pour expier nos pêchés ! Seigneur, pourquoi ? Qu'avons-nous fait ? In nomine pa...

— Assez, ai-je dit. Votre épanchement me glace le sang. Si le malin s'est immiscé quelque part, nous pourrions croire à vous entendre que c'est en vous ! Un peu de contenance vous serait d'un grand secours Frère Anselme ! Si je vous ai fait venir, c'est pour vos connaissances en médecine et non votre propension à la niaiserie.

L'admonestation du supérieur coupe court à l'égarement de Frère Anselme. Il marmonne bien encore quelques diables par ci, malins par là et d'autres mots confus, en latin. Ceux-ci s'estompent lorsque le Prieur, pour asseoir l'autorité qu'il sent défaillir devant l'angoisse, l'oblige à avancer avec lui.

Sur une croix retournée, le corps nu et exsangue d'un moine opulent remplace un Christ en céramique brisé en trois morceaux sur le sol. L'homme est crucifié, pieds et mains ligotés à chaque extrémité de la croix. Sa grosse tête ballotte dans le vide et sert de gouttière aux flots écarlates qui s'échappent de son poitrail perforé. Les traits tendus de son visage émacié gravent l'indescriptible effroi de son supplice : ses yeux exorbités sont engorgés de sang, sa langue boursouflée et bleuie obstrue une bouche béante de laquelle s'écoule une écume blanchâtre, une trace violacée de strangulation entoure sa gorge gonflée de graisse, les chairs flasques et fripées débordent de son abdomen et recouvrent une poitrine velue qui tombe vers le sol. La large entaille au-dessous du cœur a vidé le cadavre de son sang, mais quelques gouttes exsudent encore de la plaie, sillonnent jusqu'au cou, glissent sur les reliefs du visage, coulent le long de la tonsure gluante du défunt pour se noyer en un flop régulier dans l'immense marre visqueuse qui s'étale aux pieds des trois religieux. Il exhale déjà de cette scène répugnante la forte pestilence d'un corps en putréfaction.

— Étranglé, je présume, émet stoïquement le Prieur pour camoufler une panique naissante.

— Frère Luc, qu'a… qu'allons-nous faire ? C'est c'est une abo… abomination, bégaie le Sacristain.

— Rien !

— Mais nous ne pouvons pas rester les bras croisés. Il faut nous protéger ! intervient l'infirmier qui a toujours les yeux cachés.

— Avez-vous perdu foi en notre Seigneur ? N'est-Il pas le seul à pouvoir nous protéger ? Nous sommes les agneaux de Dieu et nous devons-nous en remettre à Lui, à tout instant.

— D'accord, c'est un fait. Mais là, qu'est-ce que le Seigneur va bien pouvoir faire pour nous ?

— Dieu nous guidera sans doute vers des chemins plus lumineux. Enfin, espérons-le… Je prendrai les mesures nécessaires dans la journée. Il faut fermer à double tour l'église afin que nul n'y pénètre. Maintenant, veuillez préparer la petite chapelle et avertir tout le monde, sans donner de raisons, que les prières de vigiles s'y feront pour aujourd'hui. Et sachez garder votre langue cette fois, il en va de notre quiétude à tous !

Les deux moines acquiescent. Le prieur veut les congédier mais ils ne sont déjà plus là. Les palpitations de son cœur accélèrent. Sans savoir pourquoi (la peur fait faire des choses étranges parfois), il se penche et approche la bougie près du cadavre… et le cadavre bouge !

Il bouge ? Oh Sainte Marie Mère de Dieu ! Le moribond bouge ! Il l'a bien vu de ses deux légendaires yeux bleus diaphanes. La tête a fait un « non », de droite à gauche, il en est sûr. C'est irréel ! C'est impossible ! Combien de verres a-t-il bu avant de se coucher ? Il faudra sérieusement songer à arrêter son breuvage préféré. Il cligne des yeux pour se remettre les idées en place. Le cadavre est bien immobile. Le voilà rassuré. C'était stupide de croire qu'un mort bouge. Promis, le vin, fini pour de bon ! Le corps ne bouge pas, non… mais il sourit !

Il sourit ? Oui, il sourit. Le cadavre se fiche de lui, le nargue.

Courant d'air dans le dos du Prieur. Sueurs froides. Ses poils se hérissent. Sa gorge se noue. Il voit trouble. Ce sont là les symptômes d'un Prieur qui va bientôt tomber dans les vapes. Il le sait bien, il s'évanouit si souvent.

Le cadavre a souri et il l'observe maintenant de ses grands yeux exorbités. Aïe, aïe, aïe, le vieux religieux perd le contrôle de sa respiration. Il va s'étouffer. Vite ! Partir ! Il faut détaler. Déguerpir. Le Diable est parmi nous, l'autre idiot avait raison. Il se relève. Mais ses jambes se sont ankylosées. À son âge, c'est un problème auquel on n'échappe pas. Il sent la présence de Lucifer et ça lui fait perdre l'équilibre. Le Diable… le Diable ! Il glisse violemment sur la dalle. C'est Satan ! Il tombe, tête la première dans la mare de sang. Dégoûtant. Que le Seigneur lui vienne en aide ! Il cherche son crucifix. Autour de son cou. Il l'arrache. Il se débat. Se noie dans l'hémoglobine. C'est bien le malin ! Il voudrait hurler mais sa bouche n'émet que des bulles qui ne lui sont pas d'un grand secours. D'un dernier élan de foi, il parvient à redresser sa tête et pointe le crucifix vers le ciel. Il veut le défier de plus près mais des gouttes écarlates s'amoncellent dans ses orbites sacrées et l'aveuglent de plus en plus. Il les essuie de sa main libre. Ça coule, jusque dans sa bouche. Comme c'est dégoû… Mais non, c'est bon !… C'est bon ? Ça a le goût du vin, tiens ! Faut vraiment que je jette toutes mes bouteilles et que je fasse combler la cave de gravas, c'est décidé ! Il reprend néanmoins son combat avec vaillance et vocifère : « Dehors Satan ! Recule devant ton maître ! Tu n'es qu'une larve, une engeance de l'enfer ! » Il ouvre les yeux pour mieux le jauger et voit, là, devant lui, non pas le Diable, ni Satan, ni Lucifer ou un sous-fifre quelconque de l'enfer, mais toute son assemblée, les derniers rescapés de sa congrégation, quatorze bouches béantes et écumantes d'hébétude, vingt-huit mirettes écarquillées qui dévisagent, bêtement, sans ciller, leur Père Luc complètement éméché et dont la tête ruisselle de vinasse consacrée.

Mince, il s'est encore endormi pendant la Cène… et cette fois, la tête dans la coupe ! La transsubstantiation, c'est bien gentil tout ça, mais la prochaine, dans le calice, il y mettra de l'eau !

☐

☐

UN ÉTRANGER AU VILLAGE

À Saint-Eudes-les-Charmeilles, chacun voit midi à sa porte puis la referme précautionneusement à double tour après en avoir balayé le palier. Le vent ne souffle jamais, il colporte. Plus vite que le facteur. Lequel ne distribue pas, mais propage. Le ragot est pandémique, mieux vaut savoir se protéger.

Nous sommes le 25 juillet d'une année sans importance, dans ce village où l'on ne perçoit que des ruelles, des impasses, des trottoirs, des jardins plus ou moins potagers, des cours plus ou moins clôturées, et bien sûr, des maisons, beaucoup de maisons : les unes élancées, les autres ratatinées, aux pignons mitoyens, aux façades solitaires, maisons appareillées, jointées ou juste crépies, bâtisses décrépites, décaties, éboulées par les années, chamboulées par les hommes, remaniées, fière allure, mauvaise posture, apparences trompeuses… Beaucoup de maisons dont on ne perçoit plus les fenêtres car les lampes se sont éteintes. Il est vingt-deux heures, tout le monde est allé se coucher. Sauf un peu plus loin, où quelques habitants triés sur le volet se sont rassemblés pour débattre d'une question très importante : oui ou non, laisserons-nous cet étranger s'installer au village ?

Attendu que le comité associatif du clan des anciens et des décideurs de Saint-Eudes-les-Charmeilles a atteint le quorum, Odile Doulon propose de commencer à débattre sur ce qui les réunit ce soir. Odile Doulon est secrétaire de mairie et collaboratrice de tous ceux qui ne sont pas contre s'enticher de son doigté sténo. Inutile d'attendre que le maire revienne, poursuit-elle, vu son état, je prends l'initiative d'ouvrir la séance. La maison de Firmin Marvechoul est en vente depuis sa mort au printemps dernier. N'ayant aucun descendant et plus aucune famille, le domaine a été cédé à la municipalité, qui dans sa grande générosité vous a fait une proposition des plus intéressantes, que vous avez tous déclinée.

Dernièrement, un acquéreur, qui n'est pas d'ici, mais alors vraiment pas d'ici, a fait une proposition à Monsieur le Maire, et ce dernier voudrait savoir ce qu'en pensent les membres du comité du clan, avant qu'il n'accepte, mais vous savez déjà tout ça... D'où qu'il est exactement cet homme-là ? Car si on en croit le téléphone arabe depuis quelques jours, paraîtrait-il qu'il serait un peu coloré !...

Le débat est lancé.

Josette, surnommée la mère bégonia compte bien s'exprimer sur ce sujet épineux (épithète qui lui est du reste très familier puisqu'elle est fleuriste), et ce en dépit des nombreux rabrouements qu'elle a accusés lors des derniers rassemblements d'urgence. D'autant qu'il a l'air douteux, dit-elle, bizarre quoi, comme tous les autres, remarquez, les étrangers ça porte bien leur nom finalement, c'est pour ça qu'on les appelle comme ça, parce qu'ils sont étranges, ça coule de source comme de l'eau de roche. L'auditoire est suspendu à ses lèvres. Difficile de faire entendre raison à cette femme dont le stock de niaiseries est intarissable.

J'ai loupé un bus, moi, vous l'avez vu vous, l'étranger ? interroge Pauline Durand, épouse dévouée du patron du bar-tabac « Aux six roses »... Ben, non et vous ?... Non, pas plus !... Ben alors !... Ben alors quoi ?... Ben pas besoin de voir pour savoir, non ?...

Madame Rafiaux est consternée par tant d'idioties. Notons que Madame Rafiaux, née De-La-Roche-Boudron, petite fille de Rodolphe De-La-Roche-Boudron, grand militaire mort en héros de guerre dans les tranchées de Verdun d'une intoxication alimentaire, s'indigne à la moindre occasion. Une marque de fabrique, Made in Rafiaux, estampillée condescendance qui lui confère cette assurance outrecuidante, ce corps insolent et ce petit air supérieur, si naturel pour une femme de sa trempe qui s'octroie si aisément le droit de « cuistrage ». Cette Josette, tout de même, un vide intersidéral s'est emparé de son cerveau depuis que son mari a passé l'arme à gauche, pense-t-elle tout bas en lui disant tout haut qu'elle est admirative, voire jalouse de sa vivacité d'esprit. Sur quoi, elle jette un regard de connivence à Lucien le boulanger, son amant de toujours, pétrisseur professionnel et toujours partant pour la roulée dans la farine chaque mardi, jeudi et dimanche pendant la messe. Lucien, lui, est en proie à une colère sur le point de faire péter les parois de son four intérieur.

Cette Josette est abrutie. Non, ce que vous dites, c'est de l'hébreu, étranger et étrange, bien qu'issus de la même racine, n'ont pas le même sens, s'insurge-t-il. Et la victime de bougonner que les racines des mots elle s'en balance, seules les racines de ses plantes l'intéressent, celles qu'elle vend dans sa boutique de fleurs… C'est ça, qu'elle s'occupe de ses végétaux et qu'elle nous lâche un peu avec ses interventions au ras des pâquerettes, d'autant que personne n'a encore vu cet étranger à part le maire, alors comment peut-elle savoir, pérore un Lucien plein de satisfaction. Madame Rafiaux exulte. Bien envoyée sur les roses la mère bégonia !

Pauline enchaîne sur le fait qu'un étranger au village, ce n'est peut-être pas si terrible que ça après tout. Peu importe d'où il vient, ces gens-là ont évolué. Faut bien que la maison du Firmin soye vendue un jour, vu dans l'état où qu'elle est et qu'en plus qu'y'a pas de porte, c'est pas commode à refourguer. C'est peut-être l'occasion qui fait le larron qu'on doit pas laisser nous passer sous le nez.

Sur ces entrefaites, Monsieur le Maire entre en titubant. Précisons qu'il venait juste de sortir en zigzaguant. Il n'a rien entendu de ce qu'il vient de se dire mais bégaie, c'est bien jo-jo-joli mais fau-faudrait peut-être revenir à no-o-o-o-o-tre mou-mouton… Monsieur le Maire a le visage Knorr, velouté de tomates, pour avoir abusé du fruit des dernières vendanges et s'en revient de restituer son trop-plein lors d'une énième vidange sur le parterre de fleurs de la voisine. Il ne marche pas droit, se tient penché et parle de travers. Ah ! Monsieur le maire, quel goulot, tout de même !… Encore saoul comme un polonais !… Va falloir verrouiller les turbines, on a besoin de vous ici !… Tu m'étonnes que les hortensias de la Mariette sentent le petit vieux !… Un « vos gueules, pou-poursuivons avant q-q-q-que je les ouvre su-u-u-ur vos go-go-godasses la prochaine f-f-fois » clos l'aparté. Monsieur le Maire, s'adosse au tableau d'ardoise (cette salle sert aussi d'école). Il croise les bras sur son ventre replet et opte pour un regard en mode désactivé qui lui donne cet air abruti de pochetrons. À ce stade-là, on ne peut plus rien en retirer ! Faut qu'il cuve ! Bon, on se passera de lui, lance Henri le garde-champêtre, désigné tout récemment président du comité du clan par défaut. Moi j'vous dis, poursuit-il, qu'un comme ça dans notre village, c'est le loup dans la bergerie ! Moi, j'prends soin de vous, de là où vous mettez vos pieds, là où vous posez vot'cul, que tout soye propre pour qu'vous vous sentez bien. Eh bien là, j'peux vous dire, et j'parle en connaissance des choses que ma sœur elle a habité à la ville dans un quartier où qu'y'en avait plein, y sont tellement crados ces gens-là qu'à moi tout seul j'pourrai rien faire pour garder le dehors nickel ! N'empêche qu'elle en a bavé des ronds de chapeaux la Christine parce qu'y z'ont pas de poubelles chez eux et y foutent tout dans la rue. Pas question que j'me tape à ramasser les merdes que je sais même pas ce que ce s'ra et qui, si ça s'trouve, me foutra des maladies si j'y touche ! Alors, non, non et encore non au cas où qu'vous auriez pas compris, moi, si il débarque ici, je rends mon tablier… Ta blouse plutôt non ?… Oui ma blouse, mon tablier, mon balai, mon râteau et tout le reste. C'est mon village, c'est mon pays, j'fais c'que j'veux ! Madame Rafiaux acquiesce, la liberté de la paresse, c'est vrai, Henri, il en connaît un rayon. Si chaque habitant n'y mettait pas du sien, ce serait le souk ici. Alors qu'il ne la fasse pas rire avec sa menace de démission, car pour démissionner, faudrait avoir embauché avant, non ? Henri ne se démonte pas, lui, faire du travail d'arabe, c'est ça qu'elle veux dire, hurle-t-il à pleins poumons. Non, pas tout à fait, car pour faire du travail d'arabe, faudrait déjà travailler. C'est ça qu'elle a voulu dire ! Henri est rouge comme le maire, il s'élance sur Madame Rafiaux les deux poings levés. Lucien le retient par les bretelles et le traîne vers la sortie. Tout doux, tout doux, l'ami ! Ici pas de bagarre, surtout avec les Dames. Mais Henri se débat, il n'a pas dit son dernier mot. Quand qu'la Juliette est menacée, le Roméo sort les griffes, rugit-il à la face du boulanger. Et de continuer plus bas : pas sûr que le Rafiaux aimerait savoir ce que je sais que vous faites pendant la messe ! Avec elle, tu manies bien la baguette le boulanger, hein ? Lucien plaque le trouble-fête contre la porte et lui murmure à l'oreille : Pas sûr non plus que tu aimerais que les autres sachent ce que tu sais que je sais et qui vaudrait mieux pas que ça se sache ! On est d'accord ? On peut reprendre ?… Henri capitule. Lucien reprend en soulignant que ce qu'a dit Henri n'est pas tout à fait faux, l'hygiène, c'est pas leur fort à eux autres. Ils ont de drôles de coutumes… J'ai vu une fois à la télé que dans certaines tribus, ils font des sacrifices d'animaux en place publique, enfin si on peut dire comme ça parce que chez eux dans la brousse, y'a pas vraiment de place publique.

Imaginez, qu'on s'en dégote un de ces tribus-là, on aura l'air malin à plus pouvoir laisser nos chiens en liberté. Sans parler des paysans et leur bétail. Et puis, il y avait autre chose dans cette émission à la télé, mais là, je ne m'en souviens plus.

Mémé Geneviève, quatre-vingt-douze ans, doyenne du village et qui a fondé, en son jeune temps le clan des décideurs de Saint-Eudes-les-Charmeilles, est blanche comme une béchamel. Elle a les michocottes pour ses sept chats de compagnie. Imaginez en plus qu'il fasse des veaux doux ou des trucs de ce genre, avec des poupées et des mèches de leurs cheveux, dit-elle en tremblant, cachée derrière sa canne. Mais personne ne relève, la vieille, il y a belle lurette qu'on n'y prête plus attention, si on la garde, c'est pour la forme.

D'autant que quand qu'y'en a un qui arrive, t'peux être sûr qu'y'en a un autre qui va s'pointer rapide, lance Henri qui revient sur le champ de bataille. Z'ont des familles à rallonge, alors t'as l'frère qu'va le rejoindre, pis la sœur, pis les cousins, leurs femmes et les dizaines de gosses qui vont avec !

Pour Pauline, mère poule de quatre marmots, c'est la douche écossaise. Des enfants, elle n'y avait pas pensé jusqu'ici, mais ça veut dire qu'ils iront dans leur école communale avec les autres… avec les siens. Pauline pâlit. Elle n'avait rien contre le fait qu'il y en ait un de ceux-là qui s'installe au village jusqu'ici, mais pas avec des enfants ! Ils auront une mauvaise influence sur eux. C'est comme sa cousine qui habite dans le sud de la France. Elle a une femme de ménage qui vient du Sénégal et qui garde aussi la petite, parce qu'ils peuvent pas payer une nourrice en plus. Ben, depuis, la gamine, elle tourne plus très rond, elle en sort des vertes et des pas mûres à ses parents, comme quoi elle voudrait finir prostituée dans un taxi ou qu'elle a essayé d'empailler les chiens et les chats des voisins à cause d'un certain Noé. Enfin des trucs de ce genre, elle sait plus très bien.

Madame Wistler s'était bien gardée de parler jusqu'ici, mais maintenant il est grand temps d'intervenir. Elle sollicite gentiment un peu d'ouverture d'esprit de la part de ses congénères. Madame Wistler est la seule femme du village dont les parents, originaires du sud de l'Angleterre ont réussi à faire leur trou dans ce coin paumé sans pour autant y creuser leur tombe. Alors la notion de l'étranger ne lui est pas étrangère.

Mais vous c'est pas pareil, Madame Wistler, vous êtes un peu comme nous, du moins, d'apparence. Vous, d'où vous venez, ils sont civilisés. D'ailleurs, vous vous êtes toujours fondue dans la masse !

Madame Wistler sourit jaune. Elle n'est pas certaine que cette remarque soit un compliment pour elle. De plus, elle est choquée de tout ce qui se dit et il faudrait... Voilà, je me souviens, s'emporte Lucien, dans l'émission, ils parlaient de cannibalisme. Vrai ! J'aurais jamais cru ça moi non plus. Mais vous imaginez, s'il faut mettre un couvre-feu dès la tombée de la nuit pour éviter de se faire bouffer !

Madame Wistler est scandalisée et surtout vexée d'avoir été coupée. Elle aimerait bien qu'on l'écoute deux secondes. Seulement mémé Geneviève, qui approche cette fois la consistance de la béchamel, a une question : pourquoi à la tombée de la nuit ?... Ben, la journée, un de ceux-là, tu le vois, tu peux te méfier, mais la nuit, on se laissera surprendre sans s'y attendre, au coin d'une rue, peut-être même devant chez soi et en un rien de temps que tu n'y verras que du feu, tu te feras choper. Après il t'enfermera probablement dans sa cave pour qu'on n'entende pas tes cris quand il te scalpera... Quand il quoi ?... Quand il te découpera les cheveux avec la peau du crâne, si tu préfères. Cette fois mémé est béchamel. Elle dégouline sur sa chaise, prête à se faire gratiner. On ne l'entendra plus, c'est déjà ça de gagné. Madame Rafiaux, elle, est dubitative. Le scalp ? Ce ne sont pas les Indiens qui font ça normalement ?

Monsieur le Maire ouvre un œil et baragouine quelque chose que personne ne comprend sur les Indiens. Mais impossible de lui demander des explications, il replonge aussi sec (préférons l'adverbe « aussitôt », lequel dans ce contexte conviendra mieux au bonhomme transpirant et imbibé de vinasse qu'est Monsieur le Maire).

La conversation a pris une tournure déconcertante. Bérangère Dupré, surnommée la Bébé de l'abbé, bigote ringarde qui du matin au soir bouffe du curé jusqu'à plus soif, est choquée. Pour elle, c'est la goutte qui fait déborder le bénitier, elle s'insurge du niveau de langage déplorable qu'usent ses congénères dégénérés. Bérangère Dupré est dotée d'une grande charité chrétienne difficilement perceptible car elle dissimule ses élans philanthropiques sous des vêtements hors de prix. La frontière est si mince entre compassion et ostentation.

Alors vous, hein, avec votre bien belle chemise en soie dernier cri sur le dos, coupe la mère bégonia, pomper de l'abbé remplit bien les bourses !

Tout le monde est ébahi. La mère bégonia bourgeonne, c'est le printemps. Elle n'a jamais autant dit de conneries en si peu de temps. On l'invite élégamment à se retirer : décampez, débarrassez le plancher, barrez-vous ! Josette comprend l'allusion. Elle part la tête haute.

Il faudra songer à la rayer de la liste des membres du comité du clan !

Un peu de retenue, que diantre ! scande la bébé de l'abbé le poing levé, si le Père Gaillaud savait que sa congrégation jure comme un charretier !... Congrégation, congrégation, lance Odile, congrégation, on n'est pas dans une réunion laïque ici, hein Madame Dupré ? J'ai pas raison Madame Dupré ? Mais Madame Dupré ne répond pas. Madame Dupré a la jugulaire qui danse la rumba et à en voir sa figure crispée, elle regrette que le Père Gaillaud ne soit pas des leurs. Officiellement, ce dernier a été retenu pour donner l'extrême onction au moribond du village voisin, officieusement, il a juste filé à l'anglaise car personne ne meurt au village voisin. Seulement le père Gaillaud est un pleutre, un ancien Prieur gentiment remercié de son abbaye pour avoir terrorisé ses ouailles pendant l'office avec une histoire de diable crucifié tête en bas. Non, Luc Gaillaud n'est pas du genre à se mouiller dans quoique ce soit, à part dans la coupe consacrée de vin durant la communion.

Alors, notre grenouille de bénitier, y'en a des de c'te couleurs dans la bible ? questionne Henri. Ça vous fait pas peur un comme ça dans la congrégation ? Satan dans votre église ? renchérit Lucien. Bérangère se signe trois fois de suite. Ben oui, continue Lucien en pouffant, on dit bien Malien comme un diable, non ?... On les appelle aussi Marteau piqueur, balance Henri. Mais là, personne ne comprend la blague. Parce que dans leur pays, y crèvent la dalle... Attends, attends, s'esclaffe Lucien, et si c'est un pédophile, il aimera les petits blancs cul sec... Henri est au bord de la congestion, sa voix déraille : pas grave, ici on fait que du rouge ! Ah, ah, ah ! Laurel et Hardy n'en finissent plus de se donner en spectacle. C'en est trop pour Bérangère Dupré. Allez tous griller en enfer... Elle se carapate. C'est ça, et vous, allez vous faire voir chez les grecs ! tonne Lucien.

On laisse l'orage passer pendant qu'un autre se prépare au fond de la salle. Car au fond de la salle, il y Jean-Luc et Jean-Luc grogne bruyamment dans son coin. Il n'avait rien dit jusqu'à présent et maintenant on ne sait pas trop ce qu'il dit, du coup personne ne dit plus rien car tout le monde a peur qu'il démarre au quart de tour, comme à son habitude, qu'un boulon saute dans son moteur céphalique et qu'il se mette à gesticuler dans tous les sens en hurlant à qui mieux mieux qu'il n'y a que des cons dans ce trou paumé, qu'il aurait mieux fait de suivre les conseils de sa mère, partir à la capitale pour faire carrière dans le mannequinat, (mais grand bien lui fasse et qu'il y aille à la capitale, pense déjà Madame Rafiaux), que vivre au pays des ploucs c'est pas de la tarte tous les jours, ou que si, en fait, ici, y'a que des tartes et que c'est ce qu'il va faire d'ailleurs, donner des tartes à tous ces péquenauds de la cambrousse mal troussés, et qu'après, il sortira sa clé anglaise de la poche de son bleu de travail noir de crasse en menaçant ceux qui auront eu le malheur de poser leur derrière un petit peu trop près de lui, il faudra alors que les plus valeureux additionnés aux plus costauds de l'assemblée se dévouent pour le faire sortir en risquant de perdre une ou deux dents au passage, et c'est à ce moment-là que l'histoire se compliquera, car à Saint-Eudes-les-Charmeilles personne n'est fort comme un turc, la plupart sont téméraires comme un âne qui recule et tous sont en parfait accord avec le père Gaillaud lorsque de sa chaire, celui-ci déclame : « Un homme courageux et vaillant tient sa fortune sous ses pieds ! », ce qui, en somme, pour les Eudois pure souche signifie : barrons-nous !

Jean-Luc Aymarque grogne toujours, sans bouger. Pour une fois, ce grand professionnel de la bagnole semble ronger son frein. Jean-Luc est garagiste de métier et rouleur de mécanique le reste du temps. Vrai que dans sa jeunesse, il était beau comme un camion flamboyant, turbocompresseur dernière génération, bon amortisseur et sièges en cuir sur lesquels pléthore de fesses féminines se sont posées. Il en connaissait un rayon sur la mécanique des fluides et des corps le Jean-Luc à l'époque. Mais la belle carrosserie s'est rouillée avec les années, la pluie, le vent, la grêle et les canons de rouge.

Surtout les canons de rouge ! Aujourd'hui, Jean-Luc vit seul avec ses outils, ses tas de ferrailles et ses canons de vin rouge qu'il partage en juif, et quotidiennement, avec Monsieur le Maire lequel, si l'on en croit les ragots, serait son père pour s'être donné cœur et corps à Madame Aymarque durant de longues années, alors que Monsieur Aymarque, lui, se donnait corps et âme à son travail de croque-mort aux entreprises de pompes funèbres du canton, dont le slogan était : un premier pas vers l'éternité en tout confort, chaussez-vous bien pour votre grand voyage, choisissez « Aux godasses lugubres ! »

Jean-Luc grogne encore. Puis le bruit d'un corps qui tombe. Mémé Geneviève a chu. Madame Durand se précipite tout à trac à ses côtés. Un bouche-à-bouche intergénérationnel commence. Entre deux bouffées, elle tente de rassurer l'assemblée qui ne semble pas franchement inquiète. Pas de panique, pffff, je connais les soins, pffff, de premiers secours, pffff, j'ai l'habitude avec, pffff, mes deux enfants, pffff, et les poivrots du bar, pffff, elle va vite se remettre, pffff, vous allez voir, pffff...

Mais c'est tout vu, mémé Geneviève ne se remet pas.

Madame Rafiaux s'approche et porte sa main sur le front de l'ancienne. Pauline, tu viens de lui administrer les soins de derniers recours, pas de doute, elle est blanche, elle est froide, elle est morte... Madame Wistler conteste, on ne diagnostique pas un décès juste en touchant le front, c'est stupide. Madame Rafiaux est à nouveau consternée. De quel droit l'anglaise se permet-elle de la traiter de stupide ? Ce n'est pas vous qui êtes stupide, mais ce que vous faites... C'est pareil, c'est une insulte, si vous êtes plus maligne que les autres, allez-y, venez voir par vous-même... Madame Wistler s'approche alors du corps. Et comment qu'vous allez diagnostiquer, hein ?... En vérifiant le pouls, Madame Rafiaux, tout simplement.

Madame Wistler s'exécute. Le pouls bat encore, faiblement certes, mais bat encore. Mémé Geneviève est juste tombée dans les pommes. On ne peut pas la laisser ici. Faut la raccompagner chez son petit-fils. Qui s'y colle ? Personne ne réagit. C'est une histoire de femmes, ces choses-là, intervient Lucien en soulevant mémé pour la remettre sur sa chaise roulante. Janine, ramène mémé Geneviève avec Pauline chez l'Adrien... Ne refusant jamais rien à son amant, Janine Rafiaux pousse le chariot vers la sortie. Pauline Durand la suit sans broncher. Juste un dernier mot avant de partir : je vous préviens, pas d'enfants noirs à l'école de mes enfants !

Jean-Luc ne grogne plus. Odile Doulon en profite : et toi tu n'as rien à dire ? Jean-Luc, toujours muet, retrousse une à une ses manches. La secrétaire s'inquiète sérieusement de la suite des événements. Qu'est-ce qu'il lui a pris de la ramener ? Toutes les copines ont décampé et ce n'est pas sur l'Anglaise qu'elle pourra compter. Elle se sent très seule et ne voudrait pas recevoir un direct dans le minois. Son ex-mari lui en a assez donnés, elle en porte d'ailleurs le souvenir sur sa figure désaxée, cinq points de sutures sur l'arcade sourcilière gauche, trois sur la droite, cloison nasale déviée à tout jamais, sept dents pulvérisées et non remplacées, autant être franc, aujourd'hui, ce n'est pas son physique qui la fera gravir les échelons. Heureusement qu'il lui reste ses mains habiles pour appâter. Et puis Jean-Luc est son beau-frère, il porte les mêmes gènes concentrés de bestialité que son ex-mari. Et si on en croit ce qu'il se dit, il n'est pas très content de savoir son frangin derrière les barreaux par sa faute. Elle secoue vivement le Maire qui ronfle à tout va contre le tableau noir, mais n'obtient qu'un gémissement de contestation. Rien à faire. Elle va s'en prendre plein la tronche, d'autant que Jean-Luc fait maintenant craquer ses doigts. Les pétarades explosent dans la tête d'Odile qui commence à voir des étoiles avant même de recevoir la beigne. Vieux réflexe. Ces choses-là restent bien ancrées dans la mémoire du corps, lui a expliqué le médecin. Son beau-frère avance vers elle. Odile ferme les yeux. Mais ne sent rien. Elle grimace. Rien ne se passe. Elle entrouvre les mirettes. L'anglaise s'est interposée. Mais vous en pensez quoi au juste de tout ce qui vient de se dire ? lance Madame Wistler. Ça coupe la chique à Jean-Luc. Il se gargarise. Il va enfin parler. Ben, j'sais pas moi. Vot' étranger, y parle français au moins ?... Madame Wistler est déboussolée. Ce sont tous des abrutis de première classe. Et du reste, pourquoi sont-ils si froussards ? Lucien revient à la charge. Un étranger ça risque de foutre la zizanie au village, de troubler la sérénité qui réside dans notre communauté solidaire, si vous préférez les belles phrases. Capito ?... Non, pas capito, rugit la femme en s'agitant dans tous les sens. Ce que je capito moi, c'est qu'au contraire, vu tout ce qui s'est passé ce soir, plus aucun doute sur le sujet, un étranger, ça ligue les ignares patentés, ça fédère la connerie, ça rassemble les branquignols, ça rallie les enfoirés dans votre genre, capito ? Et elle reprend en hurlant de plus belle, qu'elle est bien bonne la sérénité à Saint-Eudes les Charmeilles, qu'il n'y en a pas un qui ne crache pas sur l'autre dès qu'il a le dos tourné, que tout le monde essaie de tirer la couverture à soi en foutant des bâtons dans les roues des autres, - une communauté solidaire, je t'en foutrais moi ! -, qu'elle s'en retourne sur le champ dans sa maison, sur les coteaux, qu'à partir de maintenant elle ne pointera plus son nez au village et qu'elle stoppe net tous les dons qu'elle faisait depuis des années pour cette foutue communauté si solidaire... Bye bye, les Saint-Eudois de mon c... !

Madame Wistler leur a cloué le bec, elle prend ses cliques et ses claques, une clope et ses clés qui cliquettent dans son sac, clopine de rage jusqu'à la porte qu'elle claque avec classe.

Eh ben, elle a pas connu le loup depuis longtemps la british ! Je pourrais peut-être la dépanner, qu'est-ce t'en dit ? Mais Jean-Luc n'en dit rien. Bon, on fait quoi maintenant, poursuit Lucien, on ne va pas continuer à débattre à deux, non ? Surtout que tu ne causes pas, je ne vais pas me parler à moi-même, je préfère me rentrer... Fais donc ça, rétorque Jean-Luc en montrant la sortie au boulanger, qui ne se fait pas prier pour la prendre. Je me casse, parce que moi, si je vais pas me coucher, je risque de pas pouvoir me lever demain, 4 heures c'est pas rien, faut mon quota de sommeil tu comprends, et si je me lève pas... ben personne pour faire votre pain, et vous serez les premiers à râler, alors je... La voix s'estompe dans la nuit paisible de Saint-Eudes les Charmeilles. Odile Doulon a disparu. Soulagée de ne pas s'en être pris plein la figure, elle a dû se faufiler entre l'anglaise et le boulanger.

Jean-Luc s'approche du Maire qui a mis fin à ses flonflons alcooliques. C'est bon tu peux te réveiller, y sont tous partis, tu as eu ce que tu voulais. Mais tu m'enlèveras pas de la tête que je comprends toujours pas pourquoi t'as voulu faire cette mise en scène, la Geneviève a failli y laisser sa peau, la pauvre vieille !

Monsieur le Maire est frais comme un gardon. Quel comédien ! Il marche de long en large, et droit cette fois. Il lui explique pour la énième fois qu'à Saint-Eudes les Charmeilles, le Maire ne peut jamais rien faire sans l'accord de ce foutu comité, qu'il n'a aucun pouvoir, rien, que tchi, que pouic, peau de balle et balai de crin, que ça peut plus durer, qu'on a l'impression d'être au moyen âge ici, que la monarchie des clans c'est fini, et qu'il faut abolir les privilèges, faire la révolution et que le seul moyen pour ça, c'est de les amener à ce qu'ils ne se blairent plus les uns les autres, qu'ils se foutent dessus, diviser pour mieux régner...

Faut de la modernité tu comprends, l'homme est fait pour évoluer, on n'est plus des singes ! Les choses vont si vite de nos jours ! D'ailleurs, je passe au plan B dès demain, battre le fer pendant qu'il est encore chaud... Et c'est quoi le pan B ? interroge Jean-Luc un peu blasé.

Les lettres anonymes que je vais envoyer à tous, ça risque d'être folklo... Monsieur le Maire promet des règlements de comptes qui resteront gravés dans les annales. Jean-Luc acquiesce bêtement. Si tu le dis !

Je le dis, tu verras, fais-moi confiance.

Jean-Luc traîne des pieds jusqu'à la sortie. Mais quand même, l'étranger qui rachète la maison du Firmin, c'est des conneries, tout ça ? questionne-t-il avant de partir.

Tu voudrais pas, un étranger au village, t'as vu la Vierge toi !

ACCORD PARFAIT

Éliette est enfin une femme. Elle n'est plus cette vieille adolescente aux fantasmes dissolus. En le voyant sur la piste, son cœur a supplanté ses sens, signe que pour elle, toutes ses cavaleries nocturnes étaient terminées.

Depuis qu'elle s'était inscrite sur ce site de rencontres, Éliette avait réveillé des ardeurs charnelles que trois ans de thérapie avaient asphyxiées. Quelques semaines à frétiller du doigt pour alimenter des conversations égrillardes devant son ordinateur et elle était entrée dans le vif du sujet avec cette première rencontre dans le restaurant du quartier. Beaucoup d'autres avaient succédé. Dans ce même restaurant, c'est elle qui choisissait. Éliette s'était lancé à corps perdu dans cette chevauchée d'amants désinvoltes, satisfaisant sa gourmandise pour les mets raffinés et surtout son appétit pour les corps affinés. Son corps à elle respirait de nouveau. Mais petit à petit, Éliette avait pris conscience que ces bouffées d'oxygène étaient toxiques. Elle était désormais écœurée, il lui fallait changer d'air.

Ce soir, Gelato lui a donné cette nouvelle inspiration.

Pendant toute la représentation, Gelato a été une silhouette rouge, lumineuse, qui a peint ses yeux d'une promesse de nouveaux horizons.

Elle devait découvrir l'homme qui se cachait derrière ce costume de couleurs.

Elle était sortie du chapiteau la dernière, l'avait attendu plus d'une heure, assise sur le banc. Lui était sorti le premier. Sur ses habits, plus de rouge. Mais elle l'avait pourtant reconnu à son allure singulière. Elle s'était alors précipitée pour lui dire qu'elle était admirative, qu'elle voulait juste lui parler… et ils avaient parlé. De tout. De rien. Longtemps. Sans ambages. Sur le banc. En marchant autour du chapiteau. Ils avaient ri. Des heures. Le temps s'était suspendu au trapèze de ce cirque et eux, sur la balancelle d'un plaisir encore inconnu, funambules d'un amour naissant.

Éliette aime ses sourires balbutiants, de ceux qui cachent une blessure sourde mais qui parlent aux autres avec bienveillance. Sa facilité à rire de la tristesse tout aussi bien qu'à pleurer de joie.

Leur rencontre sonne comme un accord parfait. Il est ce que personne d'autre n'a été jusqu'ici et il le sera pour longtemps. Éliette est soulagée. Elle n'a pas été tentée par son travers habituel.

Elle ne l'a pas déshabillé du regard.

Gilles s'était déjà mis à nu, tout en pudeur.

SOMMAIRE

Les Éditions du Désir

http://editionsdudesir.fr

contact@editionsdudesir.fr

Copyright ©
Tous droits réservés
Les Éditions du Désir – Domme –

Janvier 2016

Avec Nouvelles Magazine - Histoires courtes

http://nouvellesetrecits.com

Imprimé en France par
Messages SAS Toulouse

www.ingramcontent.com/pod-product-compliance
Lightning Source LLC
Chambersburg PA
CBHW060751180626
46818CB00002B/540